集英社オレンジ文庫

聖女失格 2

永瀬さらさ

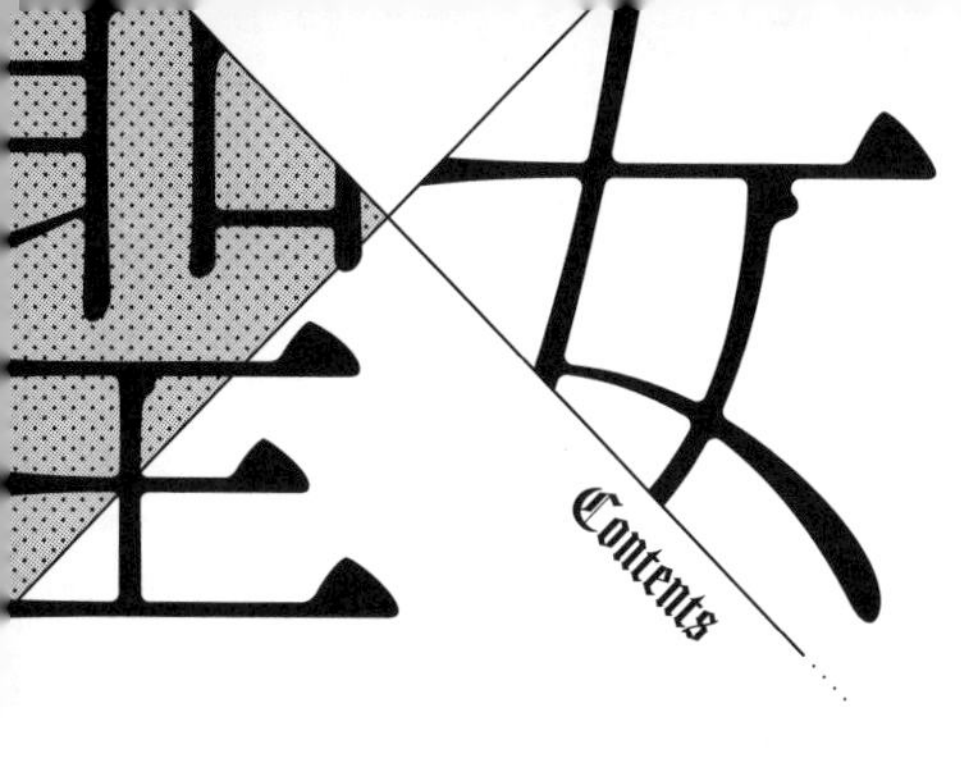

序章　ソノ聖女ノ名　6
第一章　救エヌ者　13
第二章　穢レタ故郷　82
第三章　失ワレタ宝剣　150
第四章　少女ノ心臓　200
終章　ソノ未来ノ名　264

聖女失格
2
My story not
qualified to be a saint.

序章　ソノ聖女ノ名

――システィナ帝国、リベア地方、某山村。

瘴気に太陽を覆い隠された周辺は、真昼だというのに薄暗い。そんな中、翻る真っ白な外套はよく目立った。

身長よりも高い白銀の大鎌を軽々と回し、少女が瘴気の中に突っ込んでいく。瘴気は妖魔が潜む沼でもある。魔力を持たないただの人間では、生命力を奪われ、正気を失い、死亡するか、最悪妖魔に取り憑かれてしまう。

だが、少女はひるまない。逆に、瘴気に紛れこんでいる小さな妖魔のほうが逃げ出してゆく。少女の魔力の糧にされないために。

大鎌の刃が、魔力で輝いた。池の真ん中に、振り下ろされる。

鏡をわるような音が響き、瘴気が一気に霧散した。

くるりと宙で回転して、池のほとりに少女が降り立つ。外套のフードが落ち、灰銀の短い髪が瘴気を祓う魔力の風になびいた。十字の聖痕が宿る海色の瞳で湖を一瞥し、少女が小さな唇を動かす。

「これでもう、大丈夫です」

湖のほとりでなりゆきを見守っていた村人たちから、安堵と感嘆の息が漏れる。

言葉を疑う余地のないほど、周囲の変化は明らかだった。

重苦しかった空気が軽くなり、腐臭がかき消えている。分厚い雲に覆われていた空から、太陽が顔を出した。よどんでいた池の水が徐々に透明に戻り、日の光に反射する。時間が動き始めたように、ほとり近くの水車もゆっくり動き始めた。風が出てきたのだ。

「あ、ありがとうございます、聖女様……な、なんとお礼を言っていいか。お、お礼も用意できないと申しましたのに」

「いえ。通りかかっただけですから。それよりそちらはどうですか、マリアンヌ様」

進み出た村長とは真反対の方向に、首を巡らせる。

そこには逃げ遅れて瘴気にあてられ、倒れた村人たちが横になっていた。かたわらで膝をつき、ひとりひとり熱心に浄化している女性がいる。彼女もまた少女と同じ、聖女と呼ばれる存在だ。白い巫女装束が似合う、清楚な顔立ちをしている。

「誰に向かって言ってらっしゃるの。全員、助けてみせますわ」

「手伝いましょうか。またやりすぎると倒れますよ」

「結構！　我が身を省みぬ崇高な行い……っこれこそ高得点の極意！　すべて私の点になるのです……私が一位になる日も近い！」

「……今までの傾向からいって、皇帝選の配点はそういう個人の思惑や事情を考慮しないように思いますが……」

「ほらご覧なさい、みるみるあがっていく私の点数……待ってなぜそこで止まるの！　どうしてロゼのほうが……⁉」

　ちょうどこちらに駆けてきた小柄な少女が、悲痛な声を聞きつけてひっと喉を鳴らした。

「ご、ごめんなさい！　ロゼ、何かしました……⁉」

「大丈夫です。ロゼがきちんと村の人たちを避難させてくれたおかげで、被害が大きくならなかったということが、点数に出ただけです」

「なぜ！　もちろん予防は大事ですが事後だって大事でしょう……っ⁉」

「で、でもいちばんは、元凶を絶ったおねえさまの配点ですから……あ、でもやっぱりプリメラさんとは、拮抗したままですね……」

　――聖女プリメラ。

　この大陸で知らぬ者などいない、若き聖女の名前。そして今、誰よりも皇帝選での勝者になってほしいと願われている名前だ。

そんな誰もが知っている聖女と拮抗している聖女とくれば——察しのいい村人の眼差しに、疑念と警戒がまざる。

少女は顔を隠すように、白い外套のフードをかぶり直した。

「では私たちはこれで失礼します。マリアンヌ様、ロゼ、行きましょう」

「お、お待ちください。せめてお名前だけでも……」

「村長。やめたほうが……」

「——シルヴィア」

少女が告げた名前に、周囲が凍り付いた。

だが少女は気に留めることなく、あっさり踵を返す。それに他のふたりも続いた。

プリメラ・ベルニア——由緒正しき聖女ベルニアの末裔、現皇帝の子息ジャスワントを皇帝候補とし最大の勢力をもって皇帝選に挑んでいる聖女に、対抗する三人組の聖女がいる。少女らがまさにそうであると、顔を見合わせた村人たちは気づく。

その中でも特に、プリメラ・ベルニアの実の姉である少女の名前は有名だった。

「シルヴィア・ベルニア——あれが」

「聖女失格の……」

脅えたように誰かがつぶやいた頃には、少女の背は遠く離れていた。

システィナ帝国は、神による滅びの宣告から始まった。神より未来を視る聖眼を与えられた四人の聖女が、世界の寿命を延ばしたことから建国された国である。

だが延命できた世界の寿命は百年だけ。そのため皇帝は世襲ではなく、百年ごとに、世界の寿命を百年延ばせる皇帝を選ぶ形になった。まず百年に一度の聖誕の夜、聖女の血を引く末裔たちがその目に聖痕を宿し、聖女となる。彼女たちは聖殿に赴き、皇帝候補となる男性を選んで誓約を交わし、未来を視る聖眼を得る。

そして滅びの未来を回避するため、聖女は皇帝候補とともに他の聖女たちと課題の点数を競う――これが皇帝選だ。

現在のシスティナ帝国は、その百年に一度の皇帝選の真っ最中だった。

――そして、聖女シルヴィア・ベルニア。

聖眼を得るための最低条件になる魔力がないと言われ、聖女になれない、聖女失格と虐げられ続けた彼女も、なんの因果か聖眼を得て、皇帝候補を選んでそれに参戦した。

「最近、娘が強すぎてお父様の出番がない」

　山のふもとで、宵闇の長い髪をなびかせながら美しい青年が待っていた。星のまばたきを思わせる瞳に批難の色を見て取り、シルヴィアは嘆息する。

「お父様の姿を見られた瞬間、ややこしいことになるんです。助けようと申し出てもこちらの正体に気づかれて、断られてしまいます。皇帝選の点数が稼げません」

「そんなに俺は有名になってしまったのか。これでも慎ましく生きてきたつもりだが、お前と出会ってから周囲が騒がしくてならないな」

「妖魔皇が慎ましくとか、なんの冗談ですか?」

　娘の白けた眼差しにも柔らかく笑うこの青年は、妖魔皇ルワルカロシュ。人間と妖魔の間に生まれた、地上も地底も自由に闊歩できる最上級妖魔——そしてシルヴィアの養父であり、誓約を交わした皇帝候補だ。

「それで、俺の姫。俺はお前に皇帝にさせられてしまいそうか?」

「ええ、順調です」

　すました顔で、現在皇帝選一位の順位を保持する聖女は頷く。青年はまったく困った様子のない表情で「困ったな」と返した。

「俺は特に、皇帝に興味はないのだが」

「そうはいきません。私は心臓が半分、妖魔なんですよ。こんな私が安心して暮らせる場所を作ってもらう必要があります。それが私を拾ったお父様の責任でしょう」

「そう言われると弱いな。まあ、娘に国を贈る父親というのも悪くはない」

まるで玩具（おもちゃ）をねだられた父親のように、妖魔が肩をすくめる。

――最初の聖女が妖魔皇から救ったこの国を、妖魔皇の手に渡そうとする聖女。

それが、シルヴィア・ベルニアが聖眼を得てもなお、聖女失格と言われる所以（ゆえん）である。

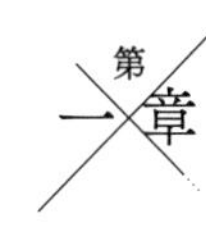

第一章　救エヌ者

皇帝選は始まりこそ決まっているが、終わりがいつとは決まっていない。究極的には皇帝選に参加した聖女とその皇帝候補が、最後の一組になるまで続く。とはいえ、おおよその傾向は今までの皇帝選から判明しており、一年ほどで終わることが多い。

その間、世界の寿命（じゅみょう）を延ばすための課題も多岐（たき）にわたる。瘴気（しょうき）の原因を取り除くものから、妖魔退治、災害や暴動の阻止（そし）など様々だ。

時間も資源も有限の中、どの課題に取り組むかは、個々の判断になる。これまでの傾向から配点の高さなどを予測し、どの課題に挑むかを見極めるのだ。方針は聖女の能力ももちろん、皇帝候補やそれらを支える各陣営の意向にもよるだろう。

そんな中、シルヴィアたちが手がけているのは瘴気と妖魔関連の課題だ。配点などは考えず、目につくものを片っ端（かたっぱし）からこなしている。

効率は悪くなるが、その課題を手がけるべきか否（いな）か、情報を集め検討（けんとう）する手間や時間はらである。

省ける。結局、解決してしまったほうが早いのだ。点数にしても、塵も積もればなんとや

なんといっても、シルヴィアの皇帝候補ルルカは妖魔皇だ。妖魔には国といった政治体制もなく、ルルカが命じれば一律に妖魔が従うというような単純な支配体制でもない。しかし強く美しい者が正義という価値観を持っており、妖魔皇を名乗るルルカは当然のように美しく強い。くわえて、瘴気を魔力に変換するシルヴィアの体質もある。下級妖魔ならすぐ降参するか逃げ出すので、楽に解決することが多い。

また、シルヴィアの連れであるロゼの皇帝候補アークも、妖魔と共存することで生きながらえている特殊な少年だ。マリアンヌの皇帝候補スレヴィに至っては、ルルカに仕える上級妖魔そのものだ。

そのため、妖魔や瘴気関連の課題に対してとにかく強い。逆に、災害対策や暴動のような資金力や人脈が必要なものは、ほぼお手上げだった。

他にも、妖魔関連の課題ならそれぞれの得意分野で仕事が分担できるのも大きい。

ロゼは人間の生命に関する危険を察知する聖眼を持っている。避難誘導に最適だし、人間に危険な場所として瘴気や妖魔の位置をかなりの高確率で当ててくれる。

マリアンヌの聖眼はいわゆる天気予報なのだが、本人は神殿で巫女だっただけあって、

浄化魔法が得意だ。瘴気に冒された人々の治療に当たってくれる。それに天気予報も意外と侮れない。自然災害の元だからだ。雨で崖崩れの起きる村を特定し、救出に当たったこともある。

何より、移動に関して大いなる力を発揮していた。

何せ、動く要塞と化した妖魔皇の別荘は、雨が降ると進まなくなるのだ。

そろそろ雨が降ると言われたので、屋敷の窓を閉めて回る。がこんがこんと屋敷が移動するたびに鳴る金属音が遠くなった。振動は小刻みに床に伝わり続けているが、この一年ですっかり慣れた。増改築を繰り返したせいで、狭いのだか広いのだかわからない屋敷の造りにもだ。

一年ほど前、この別荘は海に落ちた。そのとき沈んでしまった地下部分を動力にして屋敷ごと移動できないか――などとルルカが考えたのが運の尽きだった。

何を言っているのだと呆れている間に、スレヴィとアークまで乗り気で改造しまくったため、素敵な白亜の城だった妖魔皇の別荘は、すっかりつぎはぎだらけで珍妙な移動要塞になってしまった。地上を歩き、山を登り、海を泳ぐ屋敷だ。空はまだ飛べない。

そして、雨が降ると止まり、夜も動かない。どうも太陽の光で動いているようなのだが、仕組みを理解したくはなかった。

見た目は異様で仕様も謎に包まれた動く屋敷だが、六人が一緒に生活し移動するには最適な形でもあったため、文句はなかった。シルヴィアは移動の際にルルカに担がれ、飛び回った経験がある。魔界からお越しの妖魔馬さんが牽いた馬車で、森の中で道を切り開いて進んだこともあった。どう考えてもあれよりはましだ。マリアンヌが「これだから男は」と言ったときに、そういうものか、となんとなく納得してしまった。

人目がない道を進まねばならないが、それはこの屋敷でなくとも同じこと。普通は大歓迎される聖女ご一行だが、シルヴィアたちは常にはみ出し者だ。

それにこの屋敷の住み心地は悪くない。

一部へこんでいる廊下をすり抜け、扉をあけると広い応接間に辿り着く。そこにはいつも誰かしらの姿がある。家族団らんに長く縁がなかったシルヴィアには、そのことがひそかに嬉しかった。

今日もひょっこり顔を出せば、全員そろっていた。

「雨が降り始めましたね」

お茶を人数分用意しながらスレヴィがそう言った。ぽつりぽつりと窓に雨粒がついたかと思うと、あっという間に激しい豪雨になる。

「本当に天気予報だけは正確でいらっしゃる、私の聖女様は」

「本当に洗濯物の取り込みだけは早いものね、私の皇帝候補は」

スレヴィとマリアンヌが険のある口調でさっそくやり合っている。いつもの応酬なので、誰も気に留めない。

ぐるりと見回すと、いくつかおいてあるソファの中で、あいているのはルルカの隣だけだった。別に不自然ではない。唇を引き結んで、平静を装い、腰をおろした。

「それで、いつこの雨はやむんですか、天気予報聖女様」

「通り雨ですから夕方までにはやみますわよ、洗濯大好き妖魔さん」

「リベア聖爵領には、間に合うでしょうか」

シルヴィアの向かいの席でアークが別の話題を切り出した。その横で小さな唇でふうふうと紅茶をさましながら、ロゼが確認する。

「もう近い、よね？　領都のひとたち……被害が出てないと、いいけど……」

「リベア聖爵直々の救助要請だ。この屋敷で近くまで乗りつけても文句は言われないだろう。なら明日には着く。課題は、初代皇帝が愛用していた宝剣の浄化だったか？」

ルルカの確認に、シュガーポットの角砂糖を取りながらシルヴィアは頷く。

「はい。妖魔が取り憑いたのか何かの原因で瘴気を吸ってしまったのか、とにかく瘴気で穢れた宝剣を浄化してほしいという話でした。同じ課題が出ているのを聖眼でも確認しています。とっくに解決されているとばかり思っていたのですが……」

この課題が出たのはもう三月ほど前、皇帝選が始まった直後だ。難易度が高い課題とは思えないし、何より聖爵家のお膝元。シルヴィアたちのように遠方にいたならともかく、近郊の聖女たちにすぐに着手される類の課題である。

なのに、つい先日、リベア聖爵家の封蠟でシルヴィア宛に救援要請がきた。

リベア聖爵家といえば、システィナ帝国建国に関わった聖女リベアの末裔であり、初代皇帝を輩出した家でもある。それだけではない。聖女リベアは初代皇帝のかたわらで皇帝選や聖殿の基礎を作り、最初に大聖女と呼ばれた人物だ。大聖女は、皇帝選を勝ち抜き聖殿の長となる聖女に授けられる称号として今も使われている。

ただ、現在のリベア聖爵家には直系の令嬢がおらず、今回の皇帝選にも不参加だ。自力の解決は難しかったのかもしれない。しかし、派閥争いや課題の配点のしがらみがなく、他聖爵家に助けを求めやすいとも言える。解決されず放置されているのが不思議だった。

よりによってシルヴィアに助けを求めてきた点も含め、どうにも不可解である。

「何か解決できない事情があるのかもしれないな」

「瘴気をまとってる宝剣に何か秘密があるとか。だって初代皇帝の宝剣ですよ。それが穢されるなんて、大事じゃないでしょうか」

妖魔に取り憑かれてしまっても前向きに共存を選んだアークは、勉強熱心で好奇心旺盛だ。興味津々といった顔のアークに、スレヴィが肩をすくめた。

「宝剣などと大袈裟に言ってますが、リベア聖爵家がそう言っているだけですよ。初代皇帝の武器に関する逸話など、聞いたこともありませんからね。本当に宝剣というほどご大層な武器なら、聖殿が預かって、皇帝の証にでもするでしょう。しかもリベアといえば、落ち目の聖爵家です。大事なものなら、聖殿や他の聖爵家が借金のカタにでも取りあげそうですが」

「そういえばリベア聖爵家は、今までの皇帝選ですべて負けっぱなしなんですよね。やっぱりそういうのは、聖爵家の運営に何かしら影響するんでしょうか。たとえ聖女の直系血筋でも？」

アークが聖女ベルニアの直系血筋であるシルヴィアに尋ねる。だが聖爵令嬢としての養育が中途半端なシルヴィアは、そういう細かい噂を知らない。答えたのはマリアンヌだった。

「私はデルフォイ聖爵家と縁故がありましたが、リベア聖爵家には関わるな、と言われたことがあります。負ける家系だ、縁起が悪いというような雰囲気でしたわね。やはり勝負事だと、運の悪さは忌避されるんでしょう」

「なるほど……じゃあ今回、リベア聖爵家に聖女が生まれなかったのも、そういう迷信じみたものの悪影響があるんでしょうか。縁談に恵まれないといったような……」

「あるでしょうね。皇帝選を勝つためよりよい聖女の血統を選びたい、などというくだらない心理が働けばそうなります。聖女リベアといえば補助魔法の卓越した使い手。その能力を皇帝選の勝敗だけで判定するとは……聖女を犬か何かと勘違いする愚かな人間が多いのでしょうね、嘆かわしい」

マリアンヌは手厳しい。そのまま彼女の持論である聖女・皇帝選改革論が始まる前に、アークが上手に話をそらした。

「スレヴィさんは、最初の皇帝選――いや、違うか。最初の四人の聖女たちは世界を救ったあとに皇帝選を作ったんですから、皇帝選もまだなかった頃ですよね。そんな古い時代を知ってるんですか」

「……一応、長生きしておりますからね」

「初代皇帝ってどんな方だったんですか？　宝剣があくまで普通の武器なら、やはりご本人がすごかったんでしょうか」

アークの質問に、スレヴィは視線を動かした。だが一瞬だけだ。

（今、お父様を見た？）

気のせいだろうか。

「それはもう魔力の馬鹿高い、人外の妖魔殺しだったそうですよ。妖魔からは、先代妖魔皇よりも畏れられていたとか」

肝心のルルカは意味深な一瞥など気づかなかったようで、目を丸くしている。

「先代妖魔皇よりか。それはそれはすご……いや、そうでもないか。先代妖魔皇は知恵者ではあられたが」

「我らが宵闇の君も大概、妖魔の中で規格外でらっしゃいますからね。先代妖魔皇を一発退場させやがりましたから」

「いや、二発はかかった。拳と蹴りだ」

「フォローになっておりません」

ぴしゃりとスレヴィが切り捨て、立ち上がった。

「では、私は失礼します。夕飯の下ごしらえがありますので」

「お前が用意した茶と菓子だろう。くつろいでいけばいいのに」

「自分で淹れた茶と菓子ではくつろげませんよ。片づけはご自分たちでお願いします」

素っ気なくスレヴィは退室してしまった。あまりなれなれしい空間に身を置きたがる人物ではないが、いつもより輪をかけてよそよそしい態度だ。違和感に言及すべきか迷っていると、すっとマリアンヌが立ち上がった。

「冷たいお茶もほしいので、取ってきますわ」

スレヴィの様子をみてくる、と正しく翻訳して、シルヴィアは相づちを返す。

マリアンヌを送り出したあとで、ロゼがくすくす笑い出した。

「マリアンヌ様とスレヴィ様は、こっそり仲良し……」

「そういうことは言わないんだよ、ロゼ」

「アークとロゼは、いつも堂々と仲良しですね」

「おねえさまとルルカ様も、仲良しですよ」

不意をつかれて、固まった。あれ、とロゼがまばたく。

「おねえさま……どうかしましたか？」

「最近、反抗期らしい」

ルルカが横から真顔で口を挟む。本気だろうか。そう思うと、腹の底から火がついたような羞恥がわきあがった。そのせいで、いつもどおりの皮肉を返せない。

ここは下手を打つ前に撤退すべきだ。

「私もそろそろ。部屋で本を読んでますので、何かあったら呼んでください」

「お茶は持っていきなさい。お前はすぐ時間を忘れる」

父親らしい小言を言うルルカが小憎らしい。でも、ロゼに心配しなくていいと笑いかけることはできた。アークは気遣いができるひとだから、追ってきたりしないだろう。

原因であるルルカが追ってくるわけもない。

（……悔しい。まだ普通にできない）

自分の部屋に入ると、投げ出すように寝台に身を投げた。目を閉じると、屋敷の稼働音の代わりに、雨のさあさあという優しい音が聞こえる。

思えばどうしてあんなことを言ってしまったのだろう。魔が差したとしか思えない。

聖眼を使うほど頭が回っていれば、絶対に回避した未来だった。

でも、口に出した言葉はもう、戻せない。


——好きです、お父様。


吐息みたいな告白だったのに、それは確かに相手に届いてしまったのだ。

そのあとのルルカの一挙一動を、シルヴィアは鮮明に覚えている。

まず、目を丸くした。そして呆れた顔をしたのちに思案して何かを思いついたようにぽんと手を打ち、苦笑いを浮かべる。

そしてとどめに、子どもに言い聞かせるように、優しい答えを返してきた。

——娘にそう言ってもらえるなんて、父親冥利に尽きるな。

叫ぶのを我慢するかわりに、手足をばたばた動かし寝台の上で暴れる。

(間違えた！　私！　完全に間違えた！)

流されたならまだいい。相手にされないのも、許容範囲だ。

だが、ルルカは呆れたのだ。

しかも、顔から火が出るほど恥ずかしくなってシルヴィアはそのまま逃げ出してしまった。今でも思い出すだけで涙目になるくらい、恥ずかしい。消えてしまいたい。ルルカの顔など見られない。

遅れてやってくるのは、猛烈な怒りだ。

いたいけな娘の淡い恋心を粉砕するなんて、それでも父親か。いや父親では困る。なら非人道的と罵りたいが、半分妖魔だった。罵倒もうまくできない。悔しい。

もちろん、シルヴィアも自分が失敗したとわかっている。まず、早すぎた。もっと大人になってから言うつもりだったのに、ひとりでなんとなく気分が盛り上がって、考えなしに口にしてしまったのだ。

言葉にすれば想いは通じるなんておとぎ話でもあるまいに、幼稚すぎる。ルルカが呆れたのはそこだろう。策もなく突撃してきた娘の幼さに呆れ、どうやってわからせようかと思案したのち、相手にしないという形で思い知らせようと決めたのだ。娘を何にも負けぬよう強く美しく育てようとする教育方針は、一年たっても変わっていない。最近、悪化している気もしている。

（次はない）

抱き枕を抱いて、仰向けになる。

相手にしないというならそれを逆手にとって、何もなかったように接する。毎朝そう決意して立ち向かおうとするけれど、ルルカの顔は見られずに日々がすぎていく。ルルカはおそらくシルヴィアの挙動に気づいているが、素知らぬふりをしている。勉強だとでも言いたげだ。そういう扱いも悔しいのに、具体的にどうすればいいのかはわからない。

別にルルカが愛も恋もわからぬ朴念仁だということはない、と思う。かつて慕った聖女ベルニアに、心臓まで捧げているのだから。

自分の左胸に触れてみた。一度止まったというこの心臓は、ルルカの心臓と混ざり合って、今も動いている。

つまりシルヴィアもルルカから半分、心臓を捧げられたようなものだ。なのに、聖女ベルニアといったい何が違うのだろう。似ているとも言われたのに。

起き上がると、ちょうど壁にかけた鏡に、ぼさぼさの頭をした自分の顔が映る。子どもだからだ。シルヴィアは、ふてくされてまた寝台に寝転がった。

「シルヴィアさんとルルカさんに何かありました？」

厨房(ちゅうぼう)で食器を磨(みが)いている妖魔は、マリアンヌに振り向きもせず答えた。

「思春期(ししゅんき)じゃないですか」

「……シルヴィアさんはともかく、ルルカさんもですの」

「あの方の底意地の悪さは、妖魔の物差しでも人間の物差しでも計り知れません。おおかた、初恋を粉砕(ふんさい)されたことを逆恨みして、姫様を弄(もてあそ)んでらっしゃるのでは？」

「で、あなたは何を隠してらっしゃるの」

振り向こうとする気配もないので、マリアンヌはつかつかと歩み寄り、妖魔から食器を遠ざけた。

「私の目を誤魔化(ごまか)せるとお思い？」

「点数にはならない話にご興味が？」

「わたくしを点数魔のように、失礼な。――なんです、その顔は」

美しいもの好きという妖魔の風上にもおけない、ひどい顔を向けられた。失礼なと胸を張り、両腕を組む。

「よろしい？　最後に勝つのは私ですが、最初から皇帝選で目立つのは得策ではありません。そしてこつこつ点数を稼ぐのに私はこの場所は大変都合がいいと思っています。となれば、何かしら輪を乱すような皇帝候補の動きは見すごせないのです――ちょっと、聞いてらっしゃる⁉」

話の途中からスレヴィの作業が食器磨きから鍋洗いに移行したので、また背を向けられてしまった。しかも、相づちすら返さない。だがマリアンヌはめげない。

最初はその場しのぎで選んだ誓約相手だが、聖殿で改めて皇帝候補を登録する際、この妖魔を選んだのは自分だ。他にはマリアンヌを天気予報聖女と下に見るばかりで、ろくな相手が見つからなかったのだからしかたない。

一方で、この妖魔が妖魔皇の命令ではあれど、ぶつぶつ言いながらマリアンヌを認めているのはもうわかっている。たまに楽しそうにこちらを観察しているのがその証拠だ。

「いいから話しなさい、初代皇帝とルルカさんに何か関係があるのでしょう」

だからきちんと核心をつけば、視線をこちらに向ける。

「……よくお気づきで」

「シルヴィアさんも気づいています。あの方、ルルカさんのことには敏感ですから。いいからさっさとお話しなさい、シルヴィアさんを安心させるためにもです」

「相変わらずお優しいことだ、さすが聖女様」

たわし片手にスレヴィが鼻で笑った。鍋洗いをやめる気はないらしい。

それはマリアンヌを無視したい——すなわち無視できない、という行動の裏返しであることはわかっている。

「そんなに大した話ではないですよ。妖魔皇の父親は初代システィナ皇帝だ、というまことしやかな噂があるんです」

さすがに驚いて、問い詰める口調が弱くなった。

妖魔皇——ルルカが人間と妖魔の子どもであることも、聖女が取り除いた世界滅亡の原因が幼いルルカの心臓であったことも伝承として残っている。そこに疑いを持ってはいないが、現実に結びつけて考えるのはなかなか難しかった。

「……ルルカさんはお母様が妖魔だったのですね」

「そうです。たいへん美しい妖魔だったそうですよ。どちらも噂ですが」

「あなたご自身は会ったことはない、と?」

「私はこう見えて、あのクソジジイより年下ですよ、二歳ほど」

千年という年齢を考えると、誤差にしか思えない。マリアンヌの白けた目にスレヴィは言い返す。

「言っておきますが、生まれたての妖魔なんて自我のあるただの瘴気です。私も例外ではありません。肉体を得たのはそれより更に三百年ほどあとです。その年齢で言えば、あっちのほうがジジイですので」

この妖魔は、たまにどうでもいいことにむきになる。つきあっていられないと、マリアンヌは話を変えた。

「なら初代皇帝の宝剣は、ルルカさんにとってはお父様の形見になるのですか」

「さあ。そんな美しいお話ではないと思いますが。妖魔皇の母親は、恐ろしい人間の父親から地底——魔界に逃げてきたという話ですから。ルルカ様はほとんど記憶にないはずですがね。先ほども、果たして自分の父親のお話だと気づいておられたかどうか」

確かに、ルルカの態度はまるで他人事(ひとごと)のようだった。そうするとひとつ、マリアンヌには引っかかりが残る。

「ならあなたはなぜ、あんな反応を?」

スレヴィが嫌そうな顔をした。聞いてくれるなという態度だが、隠し事は論外だ。両腕を組んで回答を待っていると、渋々スレヴィが口を動かした。

「……。我らが宵闇の君は頓着しておりませんが、初代皇帝といえば妖魔では名前も口にしたくない恐怖の対象ですよ」

「あら、あなた。まさか初代皇帝がおそろしいの？」

「ではあなたは、たったひとりで地上から人間を一掃できる人間がいても、その力になんの恐怖も抱かないと？」

鋭く言い返され、口ごもった。

「それは……でも、聖女がいたからなせた偉業で……」

「あの男はひとりで妖魔を一掃できましたよ。妖魔側はそう信じていましたし、私も否定はしません。それほど規格外だった。妖魔があまり聖女に対して恐怖を抱かないのが、その証左です」

今まで考えたことがない視点だった。

この男と自分の間にある種族としての違いがうっすら可視化された気がして、唇を引き結ぶ。だが、怖じ気づくつもりはない。

「話はわかりました。なら、あとは私におまかせなさいな」

「……。なぜそうなる。そもそもまかせる対象がわからない」

「リベア聖爵に呼ばれているのはシルヴィアさんです。ついていくとしても私とロゼさんで十分。案件は宝剣の浄化ですからね。あなたはこの屋敷でいつもどおり洗濯でもしていればよろしい。さいわい、明日は晴れです」

「別に宝剣には本当になんの力もないと思いますけれどね。あの男が持つから、おそろしかったのであって……」

「ぐだぐだ言い訳はよろしい。夕飯の支度を始めますわよ」

「おや、手伝いにきてくださったので。それは気づきませんでした」

部屋から退室する際は違う言い訳を口にした気がするが、堂々とマリアンヌは頷き返し袖をまくる。

ありがとう、と隣に立つ男の唇の動きには気づかないふりをした。


翌日、マリアンヌの予報どおり晴天に恵まれたシルヴィアたちは、リベア領都の近くまで屋敷をよせ、目的地に到着した。屋敷から出たのは、シルヴィアとロゼ、マリアンヌの三人だ。屋敷を開けっぱなしにするわけにはいかないので、妖魔たちは留守番である。別になんてことはない、課題に取りかかるときのいつもの手順だ。

屋敷を出てからしばらく歩いて振り向くと、ルルカがこちらを見つめているのがわかった。慌てて前を向く。すると今度は先を行くマリアンヌと目が合った。待たせてしまっている。急いでふたりのあとを追う。

そして目に入ったリベアの領都は、まるで廃墟のようだった。外壁があることはあるのだが、長年補修されていないのだろう。あちこち崩れ落ちている。領都の内と外をわけるように川が流れているが、跳ね橋はおりっぱなしで、検問もない。

聖爵というのは、最初の四人の聖女に与えられた特別な爵位であり、その直系末裔たちが今も受け継いでいる。浄化魔法、治癒魔法、結界魔法、補助魔法、神聖魔法、いずれにせよ魔力に長けた者が多く生まれるので、人々が救いを求めて栄えるのが通常だ。聖爵家の分家でもその恩恵がある。

なのに聖女リベアの末裔が治める領都がここまで寂れているとは、正直、想像していなかった。

だが、跳ね橋を渡り、領都の中央に向かうにつれ、少しずつ人の手の入った場所が現れた。舗装された道が増えていき、民家が目に入るようになり、次第に店や露店で埋まっていく。人通りも増えてきた。華美に着飾った豊かな者もいないが、見るに堪えないほどひどい格好の者もいない。裏道にも少ないながら街灯らしきものが備え付けられている。知り合いが多いのか、挨拶や雑談で街中は賑やかだった。子どもの笑い声も聞こえる。

少し高台にあるリベア聖爵邸も、それほど大きくはないが立派な門をかまえたお屋敷だった。鉄柵にはところどころ蔦が巻き付いていたが、手入れが行き届いていないとみるか演出とみるかは微妙なところである。

呼び鈴を鳴らすと、中から執事が案内に出てきた。そして掃除の行き届いている、立派な応接間に通された。茶菓子をのせられた食器も、デザインこそ古いが丁寧に扱われてきたとわかる品だ。菓子はお手製の、素朴な味がする焼き菓子だった。

「おいしいですわね」

真っ先にそう言ったマリアンヌに、シルヴィアも頷く。

廃れつつも、懸命に聖爵家という立場と領民の暮らしを守っている。

リベア聖爵領への第一印象はそれに尽きた。

その領主であるリベア聖爵が現れたのは、古びた柱時計がきっちり待ち合わせの時刻を指したときだった。

「お待たせしました」

すっとシルヴィアは立ち上がって礼をする。

「初めまして、カルロス・リベア聖爵」

「ご丁寧にありがとうございます、聖女シルヴィア様。ようこそリベアへ。どうぞおかけください。——そちらの方々は？」

シルヴィアに着席をうながし、自分も正面の席に腰かけたカルロスがマリアンヌたちに目を向ける。

「突然の訪問、お詫び致します。私は聖女マリアンヌ。こちらは聖女ロゼ。シルヴィアさんと行動をともにしております。お役に立てればと思い、お邪魔いたしました」

てきぱきとマリアンヌが、自分と隣に座るロゼを紹介する。

「あなた方が。ご活躍はかねがね耳にしております」

結った金髪の長い髪をゆらし、カルロスは穏やかに笑った。その笑顔を正面から見て、シルヴィアは想像よりずっと年若いことに気づく。そういえば、まだ二十歳にもなっていない青年のはずだ。最初に若いと思えなかったのは、目の下にある隈や、くたびれた衣服のせいだろう。ひょっとして、先代のものを着回しているのではないか。

「つい最近も、近くの山村を瘴気から救ってくださったと聞きました」

「……通りがかりでしたから。ついでです」

「ご謙遜なさらず。今回の皇帝選、ついでで瘴気を一掃できる聖女は、あなたと聖女プリメラくらいしかおりませんよ」

ベルニア聖爵家の醜聞を含め、シルヴィアとプリメラの確執を知らない者はいない。穏やかな笑顔を保ったままそう口にするカルロスも、やはり貴族なのだ。

警戒をこめて目を細めると、カルロスは首を横に振った。

「すみません、不躾でしたね。雑談で時間をとらせるのも申し訳ない。ヨアム、宝剣を持ってきてくれ」

この部屋まで案内し、茶菓子も出してくれた執事が、一礼して退室した。驚いてシルヴィアは尋ねる。

「その、宝剣は瘴気に冒されているのですよね？　大丈夫なのですか」

「ああ、大丈夫ですよ。ヨアムもそうですが、リベアの者は瘴気に慣れていますから」

およそ今まで聞いたことのない理由に、シルヴィアはまばたく。マリアンヌが身を乗り出した。

「瘴気は人間に害を及ぼします。それを慣れているなどと甘く見るのは……」

「そんなつもりはありませんよ。ただ、慣れざるを得なかったのです。他家の聖女に頼れず、聖女にも恵まれず、聖殿にも相手にされない、ここで生きる者たちは」

リベア聖爵に関わるなという話を教えてくれたのはマリアンヌだ。自虐もまじったカルロスの理由に反論できず、閉口してしまった。かわりに隣のロゼがおずおず口を動かす。

「でも……聖殿に相手にされない、なんて、そんなことあるんですか……?」

聖殿は、聖爵家と関わりのない領地や民が真っ先に頼るべき相手だ。生まれも場所も聖爵家と縁遠かったロゼにとっては当然の疑問である。それにマリアンヌも加わった。

「そうですわ。聖殿は皇帝選の進行と監理を担う機関ですが、普段は瘴気や妖魔をふせぎ世の安寧に務めるのがお役目です。その下に神殿も組織されています。私は神殿で巫女をしておりましたが、瘴気の発生と聞いて無視したことはありませんわ」

マリアンヌの言い分に、カルロスは苦笑いを浮かべた。

「おっしゃるとおりです。ですが、ここでは通じない理屈なのですよ。現実にリベアがいくら助けを求めようが聖殿からの答えはありませんし、他の聖爵家が救援に応じてくれたこともない。神殿も同じことです。神殿は聖殿の子飼いのようなものですしね」

子飼い、という言葉にマリアンヌは何か言いたげにしていたが、シルヴィアは先に口を開いた。

「原因はなんですか」

「さあ。それこそ私が生まれる前からこうでした。先々代くらいまでは、まだ我が家にも聖女がおりましたので、なんとかなっていたのですが……やはり限界があります。そして瘴気に弱い土地となると、皆ここから出ていく。そうなると血筋も絶えやすくなるの悪循環で、私の代ではこのザマです」

　両腕を広げ、カルロスはおどけてみせた。だがその顔には疲労がにじんでいる。

「すべての皇帝選でも負け続け、この聖爵家は勝てないと積み重ねられた事実が払拭できない以上、どうにもならない。とどめに女子にも恵まれませんでした。皇帝選にも出られない。となるともう、これは詰みです」

「ですが、聖女リベアといえば初代皇帝に大聖女に指名され、皇帝選の仕組みと聖殿を作った御方ではないですか。聖殿から無視されるというのは考えづらいのですが」

「むしろそれが原因では、と私はにらんでいます。妄想ですが、私のご先祖が何かやらかしたのではないですかかねえ」

　平気で不敬なことを口にするカルロスにぎょっとするが、本人は涼しい顔だ。

「いずれにせよ現実は現実です。こうして初代皇帝の宝剣が穢れ、皇帝選の課題になっても、どこの家の聖女もやってこない。聖殿が我が家に関わらないよう指示を出しているとしか思えません」

　本当だとしたら皇帝選の監視人でもある聖殿が、何かしら忖度していることになる。だが、カルロスにとっては批難するより現実の対処のほうが第一だろう。

「それで聖殿とも聖爵家ともまったく関係なさそうな、私たちに連絡を？」

「ええ、駄目元でしたが。こういう言い方は失礼ですか？」

シルヴィアは首を横に振った。マリアンヌが胸を張る。

「むしろ最適解でしょう。配点がある以上、皇帝選の課題に優劣がつくことは致し方ないとしても、聖殿が率先して困っている民を放置するなんて……ただの職務放棄ではありませんか。許すべきではありません」

「ろくなお礼もできませんし、うまみがないんでしょう」

「そういう問題ではありません。そういった驕りが聖殿や神殿、果ては聖女をも腐敗させていくのです。人を救うのは聖女としての基本精神、当然の行いだというのに、権威におもねって放置など許されざること……………つまり配点が高い可能性がある」

最後の台詞は小さかったが、立派な建前を台無しにしている。ロゼは乾いた笑みを浮かべているが、カルロスは顎に指を当てた。

「なるほど、聖女マリアンヌは今の聖女や聖殿のありようを問題視してらっしゃる。皇帝選で勝ち抜いたあかつきには、改革をお求めですか？」

「ええ、そのつもりです。今や皇帝選は世界を救うためだけに機能しているわけではありませんから」

「聖女ロゼはいかがですか」

「ふえっ⁉」

突然声をかけられたロゼは変な声をあげたあと、頰を赤く染めてうつむいた。

「ロ、ロゼは……難しいことはわからないんですけど、少しでもみんながつらくないように、妖魔とのあり方をちょっと変えられたらなあって……思ってます」

「ほお。妖魔や瘴気を受け入れると？」

「も、もちろん体に悪いのはダメです！　でも、もう少し歩み寄れるんじゃないかなあって……妖魔さんに瘴気をお掃除してもらえたりしたら、よくないですか？」

カルロスは面白そうに頷いている。内心でシルヴィアは驚いていた。引っ込み思案で皇帝選にただ流されるまま参加するだけだったロゼが、きちんと自分の目標を定め始めている。妖魔に取り憑かれてしまったアークの成長に、少しでも追いつこうとしているからだろうか。

「では聖女シルヴィア。あなたは」

「私は……第一に、自分の自由の安全のためですね」

そのせいで反応も、答えも少しだけ遅れてしまった。

「ご存じのとおり、私は聖女プリメラと因縁があります。どこに逃げても無関係ではいられないでしょう。自分の自由と未来をつかむためには、戦うしかありません」

「……確かに、あなたは自由を得るためには戦わねばいけない立場でしょう。ですが少々意外でした。てっきり妖魔皇を皇帝にしたいのだとばかり」

よく言われる言葉に、シルヴィアは苦笑した。

「そうすれば私の安寧が確実に得られるというだけですよ。ご期待に添えず申し訳ありません」

「ではご自分の安寧が得られるのであれば、皇帝候補は妖魔皇でなくともかまわない？」

思いがけない指摘に、カルロスを見つめてしまった。正面から返ってくるカルロスの眼差しには悪意はないが、鋭い。皇帝選を見据える聖爵の目だ。

「たとえば、私があなたの自由も未来も決して脅かさないと誓い、皇帝候補にしてほしいと願えば、あなたは頷いてくださるのだろうか」

皇帝選の間、聖女と皇帝候補はそれぞれ脱落しない限り、誓約し直せる。相手を取りかえることができるのだ。現にマリアンヌは前回、スレヴィに乗り替えている。

「それは、あり得ません」

「なぜ？　たとえ話なので、信頼が築けていない、という回答はなしで」

シルヴィアの心臓はルルカの心臓を半分、共有している。ルルカとシルヴィアはある意味、運命共同体なのだ。シルヴィアの安寧にはルルカが絶対に必要なのである。だがそんなことを教える義理はないから、逆に尋ねた。

「あなたは皇帝になりたいのですか？」

カルロスは驚くでもなく、堂々と言い返した。

「聖爵家に生まれた男で、皇帝を夢見ずにいる男などいませんよ。……たとえ現実がこんな有り様でもね」

自虐的な物言いにどう返すか迷う前に、はっと振り返った。思考が一瞬で切り替わるような、別の緊張が走る。

扉のほうだ。ほとんど同時にマリアンヌやロゼも同じ方向に視線を向ける。

部屋の扉の隙間から、瘴気が入りこんできた。同じことに気づいたカルロスが立ち上がり、扉をあける。そこには長細い箱をひとりで持った執事が立っていた。さっきカルロスにヨアムと呼ばれていた執事だ。

箱の蓋の隙間から絶え間なく瘴気が溢れているのに、カルロスもヨアムも動じている様子がない。瘴気に慣れているというのは強がりでも誇張でもないのだろう。

これが瘴気で穢れた宝剣だというのは、一目瞭然だった。

「すぐに浄化いたしましょう」

腰を浮かせたマリアンヌを、シルヴィアは制した。

「待ってください。ロゼ、危険はありませんか?」

「い、今のところは何も見えません」

ロゼがこう言うからには、すぐに危険ということはないのだろう。

「では、慎重にいきましょう。まず結界でその箱ごと封印を。この瘴気、妖魔がひそんでいてもおかしくありませんから」

逃げて街に出られでもしたら厄介だ。だがマリアンヌは眉をひそめた。

「妖魔? ですがこの宝剣は……いえ」

マリアンヌが反論をやめるのは珍しい。気になったが、マリアンヌはヨアムに日当たりのいい窓際のチェストの上に箱を置くよう指示し、棚の前で両手を組み、膝をついた。祈りの言葉を唱えているところを邪魔すれば怒られるだけだ。ロゼもじっと油断せず様子をうかがっているので、何か危険があれば教えてもらえるだろう。

その間にシルヴィアが調べるべきことは別だ。

「カルロス様、いつからこのように? もし原因に心当たりがあれば教えてください。宝剣を浄化すること自体は簡単ですが、他に要因があるならそちらも取り除かないと解決になりません」

カルロスが腕を組んで考えこんだ。

「と言われても……宝剣から瘴気が溢れているのを目視できるようになったのは、ここ最近ですね。今回の皇帝選が始まってすぐ課題になっていたようですが、我が家には聖女がいない。なので気づくのも遅れました。領地に漂う瘴気の原因が宝剣だなんて思いもよらなかったもので」

「ひょっとして、宝剣がこうなる前から瘴気が漂うことがよくあったんですか？　それはいつからですか」

「最初は、一年ほど前です。ちょうど前回の――取り消しになった皇帝選が始まったあたりからでしょうか。皇帝選のやり直しが決まった時期にはおさまったので、妖魔皇の心臓が盗まれたことで妖魔の活動が活発になったせいだと解釈していたんです」

「では、それ以降は？」

「頻度(ひんど)自体に異状はありませんでした。瘴気の発生は、聖女や巫女(みこ)が常駐しない場所では珍しいことではないですから。風にのってどこぞへ流れてしまうことも多いですしね」

薄い瘴気ならば日光に焼かれてしまったり、風に流されて霧散(むさん)する。問題になるのは消えることなく濃くなり、広がり、留まり続けることだ。その場合は何かしら原因がその場にあるので、取り除く作業が必要になる。

「ただここ最近……特に今回の皇帝選が始まってから、瘴気が領都のどこかしらに発生している状況です。気づけば宝剣もこの有り様で、慌てて情報収集に走ったところ皇帝選の課題になっているとわかりました」

「なら、一年前の皇帝選から徐々に穢れていった……と考えるのが素直ですね。保管状況はどうでしたか。たとえば妖魔が入りこみそうな機会があったとか」

一年前、妖魔皇の心臓が盗まれ、封印がゆるんだせいで妖魔の動きが活発になったのは確かだ。そのときに妖魔が宝剣に取り憑いたのかもしれない。

「申し訳ない。宝剣は聖女リベア像と一緒に小さな廟堂に奉納していて、普段から公開してあるんです。正直、領都にくれば誰にでも盗めるし妖魔も取り憑き放題ですね。鞘もない状態ですから、あの箱も今回適当に見繕ったものでして」

初代皇帝が愛用したという武器がそんな雑な扱いでいいのか。反応に困っていると、カルロスが苦笑いを浮かべた。

「見ていただければわかると思いますが、本当にただの、鉄の武器なんですよ。使い勝手も悪い。とくべつな仕掛けもない。聖殿が取りあげない理由は、どう見てもただの鉄くずだからだと言われてますし、実際そうです。……それでも我が家と領地にとっては、大切なお守りですがね」

最後のひとことに、シルヴィアは視線を宝剣のほうへと動かした。

「リベア聖爵領の皆さんには、大切なものなんですね」

「誰も盗みにこないようなものですが、うちが聖爵であり、聖爵領の一員であることの、今や唯一の証明ですから。本当の宝剣は聖殿にあって、あれは偽物なんて噂(うわさ)もありますけれどね」

「そうでしょうか。私には、領都に蔓延(はびこ)る瘴気をあの宝剣が引き受けてくれたように感じます。人の願いや信仰を集めるものは、瘴気を集めやすいので。皆さんが瘴気をなんとかしてくれと日常的に祈っていたのだとしたら、なおさらです」

大体、状況はわかった。シルヴィアはマリアンヌの肩に手をかける。

「私がやります。マリアンヌさんは何かあったときのために、皆さんを守るほうに」

「……まあ宜(よろ)しいでしょう。ロゼさん、何かご意見は？」

「あ、ありません。けど、おねえさまは強すぎて危険を察知しにくいので、その、気をつけてください……！」

「わかってます」

とはいえ、この瘴気ならおそらく吸うだけですむはずだ。

シルヴィアの体は、瘴気を魔力に変換する。もちろん量や濃度には十分留意せねば、しっぺ返しをくらう。ただ、もともとの体質に加え、一度死にかけたシルヴィアは命をつなぐために、妖魔皇ルルカの心臓を半分、与えられた。そのせいで生半可な瘴気ではもうびくともしない。スレヴィには「姫様は魔界でも生きていけますよ」などといらぬお墨付きをもらったくらいだ。

とにもかくにも、まず蓋を持ち上げた。とたんに瘴気が溢れ出すが、先に張ったマリアンヌの結界のおかげで外に溢れ出すことはない。だが中も真っ黒な箱と化してしまったので、中身を手探りで取り出す。すぐに冷たい金属の手触りが指先に当たった。つかんで持ち上げようとすると、重い。

けれど、触れられるならそれで十分だ。

息を吐き出して、吸う。呼吸に合わせて、瘴気が流れ込んできた。どくどくと脈打っているのは、ルルカの心臓だろうか。

念のため、聖眼を起動する。シルヴィアの聖眼は、使う魔力量に応じて見える未来の時間と長さが違う。数時間、数日先の未来を視るのは命懸けになるが、数分、数十秒先を一瞬だけ視るのは、そんなに無理なことではない。

瘴気にまみれた現実に、瘴気をなくしたただの鉄の剣が重なった。それが今から数秒後に起こる未来だ。

なら、あとはいつもどおりだ。目を伏せて、作業に集中する。

「――終わりました」

そして再び目を開いたときは、聖眼で視たとおりの鉄の剣が、粗末な箱の中に横たえられていた。瘴気も綺麗に消え去っている。

「さすが、お早い」

「何かおかしなところがないか確認を――」

宝剣を取ろうとして、その重さに驚いた。だがこんな大きな鉄の塊なら当然だ。箱の中から取り出せないシルヴィアに気づいて、カルロスがこちらにやってくる。

「はい、確かに見慣れた我らの宝剣です」

「……ほんとうに、ただの鉄の剣なんですね」

装飾も何もない、柄まで鉄でできた剣だ。大きいので迫力はあるが、何かしら神聖なものも感じられない、ただの無骨な大剣である。

「ええ。とても初代皇帝の愛用した剣とは思えないでしょう?」

「そう……ですね。でも、こういう時代だったのかもしれない、と思います。権威で装飾するよりも、無骨でも皆を守る力が求められていたんだろうな、と……」

滅びが目前の世界。妖魔もまだ地上にいた時代だ。今も滅びをさけるという同じ目標こそ掲げられているが、妖魔が身近だったことからもまったく違う世界だったのではないかと思う。考え方も、価値観も。

「さすが妖魔皇を皇帝候補に選んだ聖女は、面白い見方をなさいますね」

皮肉だろうか。さぐるシルヴィアの眼差しに、カルロスはにこりと微笑む。

「本当にありがとうございました、助かりました」

喰えない男だと思いながら、シルヴィアも首を横に振った。

「いえ。では課題が解決したか確認――」

「そんな馬鹿な！」

マリアンヌが突然、叫んだ。顔を青ざめさせ、ふらふらとあとずさったかと思うと、その場にへたり込む。

「そんな……わ、私の、点数が……順位が……っ」

「マ、マリアンヌさん、しっかりしてください。順位がどう……えっ？」

続いてマリアンヌを支えようとしたロゼが驚愕し、シルヴィアを見た。

ふたりが見ているのはおそらく、課題解決の結果だ。訝しみながらシルヴィアも目を閉じて聖眼を起動した。思い出のように頭の中に情報を浮き出すほうが、負担が少なくてすむ。だがすぐさま両目を開いた。

「どうされました？　まさかまだ解決していないとか、新たな課題が出たとか」

「……点数が……減っています」

「なぜ」

そんなことこちらが聞きたい。唇を引き結んだシルヴィアと、打ちひしがれているマリアンヌ、おろおろしているロゼを見比べて、カルロスが尋ねる。

「まさか……ここにいる全員が、減点ですか」

そのとおりだ。課題は解決しているのに、三人とも大きく点数も順位も落としている。わけがわからず、シルヴィアはその場に立ち尽くした。


皇帝選はすべての聖女が最後まで争えるわけではない。何割かが三ヶ月に一度の周期で点数が最低限に満たなかったとして失格になり、脱落者が出る。そうして最後に聖女が五人以下になったところが、最終月となる決まりだ。

その合格圏ぎりぎりまで、シルヴィアたちの点数と順位は落ちていた。

脱落者は先月、出たばかりだった。ということはまだ二ヶ月ほど猶予（ゆうよ）があるが、この先の展開によっては次回の選定で脱落しかねない。

宝剣を再度調べてみたが、異状はなかった。他に原因をさがすにも、あまりに手がかりがなさすぎる。宝剣の浄化という課題も、解決済みとして消えた。リベア聖爵領にいてなんとかできることとは思えなかった。

だが呆然とするマリアンヌを引きずり、お礼の夕食も固辞するシルヴィアたちに、カルロスが意味深なことを言った。

「……すみません。聖殿の罠だったのかもしれません」

「罠？」

「他の聖女たちにこの課題に関わらないよう聖殿が指示を出しているのでは、というお話はしましたよね。うちに関わるとこうなるぞ、という見せしめの課題だったのかもしれません。そういう課題が紛れこんでいることがあると、聞いたことがあります」

神妙なカルロスの表情も、そして課題が放置されていたという事実からも、考えすぎだとは言えなかった。何より、点数が下がったという現実がある。

皇帝選は基本、加点式である。確かに失敗、あるいは悪化させた場合は減点されることがあるが、課題を解決してこの下がり方は異常だ。

（でも異常というなら、そもそも皇帝選のやり直し自体が……）

「――聖殿に、参りましょう」

床で打ちひしがれていたマリアンヌが立ち直ったのはそのときだった。

「聖殿に……？　でも何を」

「抗議をするのです！　課題を解決して減点⁉　そんな馬鹿なことがありますか！」

脱兎（だっと）のごとく駆け出したマリアンヌを追いかけるのに精一杯で、カルロスとはろくな挨拶（あいさつ）もできず、そのまま歩く屋敷でリベア聖爵領を離れることになってしまった。

リベア聖爵領から聖殿のある聖都アカトスまでは、三日ほどかかる距離だ。騒がれないよう人目につかない森の中に屋敷を停めて、一行は馬車で移動した。一見ただの馬に見えるが、森をも切り開く妖魔馬さんの馬車である。

聖殿で陳情（ちんじょう）するには申請を出し、場を設けてもらう必要がある。聖都内に宿を取ったシルヴィアは聖殿に突撃しそうなマリアンヌをおさえ、申請に向かった。一月待ちはくだらないと聞いたマリアンヌが憤死（ふんし）しそうになっていたが、意外にも翌日に呼び出しがきた。

ただし、面会はシルヴィアひとりという条件だった。

「俺も行こう」

マリアンヌが無言で聖殿に向かおうとするのを取り押さえたところで、ルルカがそう言った。

「お前の皇帝候補は俺だ。聖殿が妖魔出禁というわけでもあるまい。問題ないはずだ」

「で、でも、私ひとりで、という話ですから、従いましょう」

こちらは説明を受けにいくのだ。マリアンヌはもう抗議にいく気だが、穏便にすむならそうしたい。ルルカは端整な眉をひそめたが、結局、頷いた。

「では一応、待っていよう。だが、異状があれば乗りこむぞ」

「そんな大袈裟な」

「大事な娘のことだ、当然――」

――そこで、頭の上にのせられそうになったルルカの手をはねのけてしまったのは、よくなかった、気がする。

ルルカは少し驚いた顔をしただけで、何も言わなかったけれど。

ひとり、聖殿の前に立ったシルヴィアはぶるぶる首を横に振った。今から面会だ。父親との関係を模索している場合ではない。

聖殿に入って名前を告げると、白い巫女服の女性が案内のためにやってきた。聖殿の扉をくぐって最初に見えたのは、聖女四人の像がある大きな広間だ。端には椅子が並べられており、たくさんの人々が告解室に入る順番を待っている。逆にも同じように椅子に座って、巫女への相談内容を話し合っている人々がいた。集団での相談ごとなのだろう。それを横目に、案内役の巫女は大広間を抜けた。

やはり聖女となると、別待遇なのか。だが皇帝選の登録や誓約で入った祭壇のある聖堂も通り抜け、どんどん聖殿の奥へと向かうにつれ、だんだんとシルヴィアは不安になってきた。

「こちらです」

とにかく道順だけは忘れないように周囲を見ていたシルヴィアは、いつの間にか自分が大きな扉の前に立っていたことに気づく。聖殿の入り口とそう変わらない高さの、立派な扉だ。案内の巫女がすっとよけると、どういう仕掛けなのか、重そうな扉は音を立てて自動で開いた。

まるでもう一度、聖殿に入り直すような心持ちで、顔をあげる。

まず見えたのはステンドグラスと、その光を浴びて影になっている聖女像だった。日の光が降り注ぐ、大聖堂だ。何百人と入れそうな長椅子がいくつも並び、天を目指す吹き抜けの天井は、首を目一杯持ち上げねば頂点に視線が届かない。

だが、聖女像のある祭壇の前にいるのは、ひとりきりだった。

「ようこそ、聖女シルヴィア」

厳かで、柔らかい声色に背筋を伸ばす。知っている顔だとわかって、シルヴィアは素直に驚いた。

「大聖女サマラ……様」

振り向いた女性は、新聞で見るよりもずっと綺麗だった。笑いかけられただけで、空気が軽くなった気がする。真っ白なローブを羽織った背筋はまっすぐではなく、少し腰が曲がって見えるが、百歳をこえる年齢を考えると致し方ないだろう。むしろ若く見えるほうだ。動作に不自由は感じさせず、声もしっかりしている。

「小さき聖女よ。命をつなぐ者よ。私たちの父なる神と母なる聖女から恵みと導きが、あなたがたの未来をつむぎますように」

聖殿と神殿のお決まりの挨拶と共に祈ったあとで、優しい面差しで大聖女サマラが最前列の椅子に腰かけるよう、うながす。緊張でお決まりの返しもできないまま、シルヴィアは両膝をそろえ、その上に両手をのせて座った。

（まさか、大聖女が出てくるなんて……！）

百年前の皇帝選を勝ち抜き、現皇帝を玉座に座らせた聖女だ。エリュントス聖爵家の出身で、現在の聖殿の長。そして今回の皇帝選の監理人でもある。皇帝選の不具合について直訴するのにこれ以上ない適任者ではあるが、まったく想定していなかった。

ひょっとしてあの減点は、単なる不具合などではなく、大聖女が説明に出てくるほど大きな問題が隠されていたのだろうか。ぐっと両膝の上で両手を握る。

「あの、今回はお時間さいていただきありがとうございます。おうかがいしたいのは」

「リベア聖爵領にて瘴気の原因となった初代皇帝オーエンの武器を浄化したところ、減点された一件ですね。皇帝選の最中、お互い時間が惜しい身の上です。端的に結論を申し上げましょう。——減点は不具合ではありません」

朗らかな笑顔には疑問を抱くより先に、耳を傾けてしまう力があった。

「皇帝選は滞りなく進んでいます。もちろん、減点は珍しいですが、これまでも少なからずあったことです。安易に皇帝選を疑ったりせず、まず、自分の行動を振り返ってごらんなさい。課題は皇帝選は滅びを回避するための能力を見極めるためにある、という視点から考えるのです」

滅びを回避できる能力を見せれば加点される。逆に減点されたということは——思い当たって、シルヴィアは呆然とつぶやく。

「……浄化……してはいけなかった？」

サマラはしわの目立つ口元に微笑をたたえたまま、首肯した。シルヴィアは思わず立ち上がる。

「浄化しなければ土地も民も瘴気に冒されるのに⁉　そんな——」

「あなたはどんな未来を視て、リベア聖爵を助けましたか」

鋭い指摘に、シルヴィアは詰まってしまった。拳を握って、首を横に振る。

「……なに、も。私の聖眼は、そんなに遠くの未来まで、視られないので……」

「知らなかったなどという言い訳は通用しないのです、聖女シルヴィア。私たち聖女は、神より聖痕で選ばれ、聖眼をもって未来を紡ぐ役割を負っています。私たちが、そんな未来を選ぶつもりはなかったなどとは、口がさけても言ってはならない。その時点でまさに聖女失格の誹りをまぬがれないでしょう」

聖女失格と罵られるのは慣れていたが、これは正当な批判だ。何も言い返せない。

「だったら……他の聖女がこの課題に、手をつけなかったのは……」

「聖女は互いに自立し競い合うことで切磋琢磨しますが、あなたもご存じでしょう？　あなたがたが三人一組で行動しているように、派閥が作られます。当然、対立派閥同士でも時には手を取り合う。それが政治でもあります」

「……誰かが視たんですね。あの宝剣は浄化してはいけない、課題に手をつけるなと」

「聖女プリメラが助言したという話は聞き及んでおります」

なら、意図的にシルヴィアの耳に入ってこないようにしたのだろう。だが、そういった情報戦を含めての皇帝選だ。悔しいが、呑みこむしかない。

そんなシルヴィアに、そっとサマラがささやきかけた。

「ですが……せっかくです。助言を与えましょう。もとに戻すのです」

「は？　戻すって……リベア聖爵領を瘴気まみれにしろとでも？」

サマラは穏やかに頷いた。あまりに平然としていて、二の句が継げなくなる。

「あなたならできるのではないですか？　あなたの皇帝候補は妖魔皇。初代皇帝の武器に取り憑けと下級妖魔にでも命じればすむでしょう。何も難しくありません」

「……で、ですが、もう解決ずみとして課題は消えています。意味のある行動だとはとても思えません」

「そうでしょうか。皇帝選の課題は人智の及ばぬところで綿密に計算され影響しあっています。状況を復活させたことで、他の課題に変化があるかもしれません。あるいは、新たな課題を生み出す可能性もあるでしょう。そこを狙い討ちすれば、あなたがたは失った点以上の配点を得られる可能性が高い」

「それは、プリメラとジャスワント様がやった自作自演と同じことです！」

妖魔皇の心臓を使い世界を危機に陥れることで、配点の高い課題を作り上げ、それを自ら解決して皇帝選を制する。帝室の大きな醜聞であると同時に、それを皇帝選がよしとしなかったからこそ、やり直しが決まったのではなかったのか。

「あなたは何か勘違いしていますよ、聖女シルヴィア。あのときの聖女プリメラの狙いは正しかったのです。妖魔皇があそこで死ねば、世界は救われたでしょう。あそこは、大きな分岐点だったのです。それが挫かれたからこそ皇帝選はやり直されたと私たちは考えています」

「待ってください、ならなぜ妖魔皇を皇帝候補にできるんですか。妖魔皇を斃せという課題も出ていないのに、おかしいです！」

「それがおかしいと考えないあなたがおかしいのです。妖魔皇を皇帝に据えようとするあなたのほうこそ、間違っている。なのになぜ、あなたがたの存在が許されているのかわかりますか？　ひとの気持ちは変わるからです」

まるで未来を告げるように、朗々と大聖堂に聖女の声が響く。次々に想像もしなかったことを言われたせいか、頭がくらくらしてきた。

「問いましょう。勝ち抜きたいなら何をすべきかわかりますか、聖女シルヴィア。あなたはこれ以上なく、大聖女に近い位置にいる。気づきなさい」

七色のステンドグラスの下で告げる姿は、大聖女らしい光に満ちていた。膝を折ってしまいそうだ。目がくらむような後光に耐えられず、視線が下に落ちる。

「妖魔皇ルルカを斃し、リベア聖爵家を滅ぼすのです」

だが、その影はやはり黒い。深淵のような黒を覗きこんだ瞬間、聖眼の奥に痛みを感じて、シルヴィアはまばたく。

無意識で今、何かを弾いた。そのはずみで、聖眼が起動してしまったのだ。

視えたのは、妹と向き合うサマラの姿だ。魔力の消耗度合いからいって、そう先ではない、未来の出来事。

場所も変わっていないから、せいぜい十分後のことだろう。シルヴィアもこうして訪ねてきているのだ、他の聖女の訪問は不思議ではない。

(でも今、何かされかけた)

——これは、敵意とみていいだろう。先ほどの話も、助言ではなく、そそのかしだ。

「そんなことしません」

「できないのではなく、しないと言うのですね。なぜ？」

誘いかける声がちりちりと肌を焼く。断ち切るように、凛と顔を上げた。

「それは私が望む未来ではないからです」

言い切ったシルヴィアの目を、初めてサマラが見返した。

「頑固だこと」

「お話はわかりました。皇帝選の監理者であるあなたが妖魔皇を——私たちを敵視していることも、よく。お時間をとっていただき、ありがとうございました」

これ以上得るものはないだろう。さげた頭をあげると、ずっと同じだったサマラの笑顔が、ほんの少し崩れていた。

「今のままの順位では、次の選定であなたがたは脱落しますよ」

「承知してます」

「……残念です。私の助言どおりにする覚悟があれば、あなたは大聖女になれる資質があったのに」

半分、影に顔を隠し、サマラが両目を開いてにぃっと笑う。見開かれたその瞳に宿るのは、聖痕だ。

「小さき聖女よ。未来を視る者よ。後悔はあとにしかできぬと知れ」

目の前にいる人物が、大聖女なのだと否応なく呑みこむ。気圧されたせいか、らしくなく考えるより先に口が動いた。

「しません。皇帝選は人智の及ばぬもの。そう言ったのはあなたです。いくらあなたであっても、未来を決められるわけではない」

「そう、皇帝選は人智が及んではならぬものです」

言い方に引っかかりを感じて、踵を返そうとしていた足を止める。大聖女はシルヴィアの視線を受けずに、瞳を伏せた。

「また困ったらいつでもおいでなさい、聖女シルヴィア。私たちの父なる神と母なる聖女から恵みと導きが、あなたがたの未来をつむぎますように」

「――未来が、つむがれますように」

お決まりの挨拶を目礼と一緒に返す。大聖堂の扉を閉めるまで、サマラはきたときと同じ、完璧な慈母の笑みをたたえていた。

ひどく疲れた気分で、シルヴィアはまばたきを繰り返す。瞳が乾いていた。聖眼を使ったからだ。

そして聞こえてきた足音に、未来がやってきたと知る。

「やあ、お姉様！　久しぶり、登録のとき以来だから、四、五ヶ月ぶりくらい⁉」

妹の声は相変わらずよく通る。誰もいない、静かな廊下ならなおさらだ。

「プリメラ……元気で何よりです」

「あっれえ？　驚いてくれないんだ」

「今日ここに私がくることを、あなたも視たんでしょう」

わざとらしく驚いた顔を作っていたプリメラが、足を止めて口端を持ち上げた。

「お姉様だってお見通しだったみたいじゃない。でも、ボクがこの光景を視るのとお姉様がボクの訪問を視るのとは、意味がぜーんぜん違うってわかってるよね？」

プリメラの聖眼は、皇帝選で勝ち進むための道筋を示す。つまりシルヴィアが立っている今は、プリメラが大聖女になる未来へ進む道の途中だ。

「順位と点数、見たよ。リベアを助けちゃったんだってね」

一歩近づいて、プリメラがシルヴィアの顔を覗きこむ。一歳差だが、発育が悪いシルヴィアと発育がいいプリメラの目線の高さは、ほとんど同じだ。

「同情でもした？　聖女失格だって家や領民に見捨てられた自分の境遇と、放置されるリベアが重なっちゃったかな。でもねえ、あれは助けちゃいけなかったんだよ」

「サマラ様からも同じようにうかがいました」

「ふふ。でも、せっかくの助言も蹴っちゃったんでしょ」

鼻先から顔を離し、さがったプリメラが踊るようにその場でくるりと回った。

「さっすがボクのお姉様！　そうでなくっちゃ。あんなババアに与するなんて、ボクが赦さないんだから」

「失礼です。サマラ様と呼びなさい」

姉らしく注意すると、プリメラが頬をふくらませた。

「なんだよ、ほめてあげたのにその態度！」

「私より自分の心配をなさい。今から面会でしょう」

「心配？　まさか、冗談でしょ？　ボクがあの百年も生きてるだけの、干からびた聖女に負けるとでも？」

聖痕を宿した両目を見開いて、プリメラがけらけらと笑った。

この妹は天才だ。それをシルヴィアは否定しない。

「遅刻をしないように」

だからひとことだけそう言った。プリメラから表情が消える。

「何。今更、お説教？　お姉様ぶってさ」

「ぶってません。私はあなたの姉ですから」

無表情のままプリメラが黙りこむ。その横を通り過ぎた。案内役の女性の姿が見えないが、問題ない。道は覚えている。

「次は実家で会おうね」

振り向かないつもりだったが、足を止めてしまった。

だがうしろで軽やかに靴音が進み、扉が開く音が聞こえたことで、自分がひとりきり廊下に取り残されたとわかる。

知らず、嘆息した。手のひらが少し汗ばんでいる。相変わらず、あの実妹は誰よりも自分を緊張させる。

(……何をたくらんでいるのかわからないけれど)

でも、奮い立たせもする。

あの実妹にだけは、みっともないところを二度とみせられない。

自然と背筋を伸ばして歩く。まずは皆に説明をし、対策を立てる。そのときだった。

「――シルヴィア・ベルニア聖爵令嬢とお見受けします」

聖殿を出たところで、柱の陰から声をかけられた。すっと出てきたのは、聖殿という世俗から引き離された場所にふさわしくない、上等な長衣を着た人物だった。あやしげだが、所作は洗練されている。

「どなたですか」

「私はただの使いです。お耳に入れたいことがございます。皇帝陛下から、ぜひ、大聖女には内密でと」

本日は驚きの連続だ。両目を見開いたシルヴィアの頬を、海風がなでていった。

あまりに長く時間がかかるとルルカが心配するというシルヴィアの返答を聞いた相手は、宿にシルヴィアの手紙を届けてくれることを約束した。

そのまま馬車に乗りこんで辿り着いたのは、聖都の郊外、海が見える屋敷だった。鉄柵で囲まれた前庭は広々としていて、開放感がある。皇帝の避暑地、別荘なのだと使者から聞いた。

しかし今日は、大聖女に続いて、面会の大盤振る舞いだ。

（しかもサマラ様には内密）

現皇帝オーエンと大聖女サマラが作り出した御代は今回の皇帝選で終わりを告げるが、百年、無事に続いている。とくべつ仲がいいとは聞いたことはないが、仲が悪いとも聞いたことがない。百年もあれば、関係も変わるだろう。

「こちらでお待ちを」

警戒させないためか、テラスを開けたままの客間に通された。遠くから、海の波音が聞こえてくる。テーブルにはお茶と菓子台が用意されており、ご自由にと言われた。菓子台も砂糖がたっぷりまぶされたクッキーにジャムを挟んだビスケット、チョコが練り込まれた飴まで、お好きなだけどうぞと言わんばかりにたくさんのっている。

公的な謁見ではないという演出なのだろう。

それとも、シルヴィアを子ども扱いしているのだろうか。

だが、シルヴィアはありがたくお菓子に手をつける。食うのにも困る経験をしたシルヴィアにとって、食べ物を粗末にするなど言語道断だ。先ほどのサマラとのやり取りで気疲れもしている。何かあればさっさと逃げ出せばいいだけのことだ。

氷をからから鳴らしながら注いだ果実水は、甘酸っぱくてすっきりする。砂糖がかかったクッキーは、さくさくと香ばしい。ビスケットのジャムは数種類あった。どれもおいしいとひとつ、ふたつ、いやみっつと次々つまんでいく。

「お気に召したなら、土産に持たせよう」

気配なく話しかけられて、喉に詰まらせそうになった。果実水を飲んで、一息ついてから振り返る。

立派なローブを着た男性が立っていた。白髪が少々目立ち始めた壮年の男性だ。だがもしシルヴィアの待ち人である皇帝なら、ゆうに百歳を超えているはずだ。確かに老いてはいるのだが、足取りもしっかりしていて体つきも歴戦の戦士のようだった。

「……皇帝陛下で、いらっしゃいますか」

「そうだ。久しいな――と言ってもそなたは覚えていないだろう。ベルニア聖爵が長女を連れ挨拶にきたとき、そなたはまだ立ち上がることもできなんだ」

堂々とした足取りで、皇帝陛下が正面の椅子に腰かける。急いでシルヴィアが立ち上がると、笑って首を横に振り、かしこまった挨拶はいいと断られた。

「しかし大きくなったものだ。いかんな、皇帝なんぞをやっていると十年前がつい昨日のことに思えてしまう。百年も生きるというのも、考えものだ」

ははは、と皇帝は声を立てて笑っているが、シルヴィアは笑っていいのかどうかわからない。

皇帝についてわかっているのは、ごくごく当たり前の知識だけだ。

皇帝オーエン。だがこれは彼の本当の名前ではない。皇帝選の勝者となった皇帝は、聖殿で即位式をする際に、姓も名も捨てる決まりだ。帝位が世襲制でないことを示しているのだろう。以後、皇帝は初代皇帝の名前『オーエン』を名乗るようになる。

そのとき聖女とともに百年、この国を治める権利と義務を負うので、老化が止まる。半分、不老不死のような体になるのだ。半分というのは、次の皇帝選で新しい皇帝に『オーエン』を譲(ゆず)ってしまえば、再び人間の体に戻る。具体的にいえば余命わずかで、ほとんどが眠るように亡くなると聞いている。

「まずは謝罪せねばならんな。息子ジャスワントのことだ」

まっすぐ顔を向けて切り出したオーエンに、背筋が伸びた。

「だいぶ遅くに生まれた子だったせいで、教育が行き届いておらんかった。妖魔皇の心臓を盗み出すなぞ……皇位が世襲制ではないとはいえ、皇子としてあるまじき行動だ。止めてくれたことに感謝する。しかも皇帝選がやり直しになったせいで、ただ苦労をかけただけになってしまった。妖魔皇にも、お詫びを伝えてくれ。個人的にしかできぬが」

　個人的といっても、皇帝が頭をさげるなんてそうそうない。シルヴィアは慌てる。

「お、お父様は、気にしてないと思います」

「お父様か。妖魔皇に養育されているのは本当なのだな。……ベルニア聖爵があのざまでは、それでよかったのかもしれん」

　反応に困っていると、オーエンが緊張を解きほぐすように菓子をひとつつまんだ。

「妖魔皇は、健勝でいらっしゃるか」

「は、はい。お会いしたことがあるんですか？」

「いいや、帝室から妖魔皇の心臓の盗難について連絡した際も、使いの者を介してのやり取りだった。妖魔皇は、皇帝であれど……いや皇帝だからこそ、簡単に会えるものではない。そもそも住む所から違う。先代も先々代も、直に会ったことはないと聞いている」

「聞いて……即位式のときに、でしょうか。でも先々代というのは……」

「詳しくは言えないが、皇帝は世界の滅びを回避するために、即位式で引き継ぐのだよ、色々と」

　オーエンが意味深に、自分のこめかみをとんとんと人差し指で叩いた。

聖眼なんてものがあるのだ。先代や先々代と知識を共有できる仕組みがあっても、不思議ではない。まして皇帝も大聖女も、不老に近い体になるのだ。

「妖魔皇はとにかく居場所がつかめない御方だ。しかも自分の心臓を取り戻しにこない無欲な方だろう。それが、今は地上にいて動きが追える。これはシスティナ建国以来、初めてのことなのだよ」

「……ひょっとして私にお話というのは、お父様に会わせてほしい……とか？」

妖魔と人間は魔界と呼ばれるようになった地底と地上で棲み分けがなされているが、それ以外、何か取り決めがあるわけでもない。そのあたりを話し合いたいというなら、シルヴィアは仲介に最適だ。それならまだ納得できる。だが、オーエンは首を横に振った。

「脱線しすぎたな。話というのは、サマラのことだ。面会したと聞いている。——何かされなかったか」

咄嗟に取り繕えなかった。その反応から答えを察したらしいオーエンが、舌打ちに似た息を吐き出す。

「やはりか。念のための確認だが……正気であるな？」

「は、はい。あの、どうして……」

オーエンが片手をあげる。開けっぱなしだったテラスの戸が閉まり、窓もすべて閉じて施錠される音が聞こえた。おそらく出入り口の扉も施錠されただろう。それだけではない。波の音を含む、外界の音が遮断された。空気も動かなくなる。

(――結界。魔力を持ってらっしゃるんだ)

魔術に造詣が深く妖魔皇の心臓の封印も解析したジャスワントの実父だ。皇帝選を勝ち抜いたことを考えても、不思議ではない。

「――聞かれたくないお話ですか」

「察しが良い。ここからの話はできるだけ内密に……特にサマラには耳に入らぬよう注意を払ってほしい。でなければ、そなたらも無事ではすまぬ可能性がある」

「聞かない選択肢はない、ということですね」

シルヴィアの確認に、オーエンは少し目を丸くしたあと、口元をほころばせた。

「本当に察しの良い娘だ。そのとおり。できるだけ注意はしたが、そなたがこの別荘に呼ばれたこと、サマラが気づいていてもおかしくはないのでな」

シルヴィアがここに訪れた時点でもう後戻りはできない、と言いたいらしい。

「だが決してそなたらに不利益な話ではない。皇帝選で減点された時点で、そなたらはもう巻きこまれているのだから」

「――おうかがいします」

既にサマラに敵視されているのはわかっている。さらにプリメラも加担する見込みがある以上、一刻も早く現状を把握する必要があった。

「サマラは、皇帝選を操ろうとしている」

「……操る……皇帝選を？　皇帝選の監理人といえど、制御は不可能でしょう」

皇帝選は神が定めたもの。だから普段はなんでもない鐘の音が、百年に一度の聖誕の夜だけ聖痕を浮かび上がらせる儀式になる。授けられる聖眼の能力にせよ、課題や点数・順位といった皇帝選にまつわる情報共有にせよ、魔力が子どもの玩具に見えるほど超越した事象を引き起こすのだ。神の力とでも言われなければ、説明できない。

「そなたの言うことはもっともだ。皇帝選の仕組みは神が定めたもの。止める術も変更する術もない。配点すら神の手にある。だから皇帝選の監理人には、神が定めたとおりに皇帝選に関与する力がある。課題の追加だ」

「……それは課題を増やせる、ということですか」

「そう。聖殿は多忙だ。特に皇帝選間際になると瘴気や妖魔の問題が増えてくる。当然だ、前回の皇帝選で引き延ばした寿命がまた尽きかけているのだから。結果、後回しにされる仕事が出てくる。だが、いざ皇帝選が始まれば大勢の聖女が生まれる。だから彼女たちに多忙な聖殿の仕事を課題として申請し、代行してもらうのだ」

「いいこと……ですよね？　むしろ皇帝選がない間、聖殿や神殿が皇帝選の課題を代行しているようなものですし」

　そのとおり、と重々しくオーエンも頷いた。

「これだけならばまったく問題はない。だがな、人間というのはルールをかいくぐって悪さをするものだ。シルヴィアよ、肝心なことを忘れているぞ。聖殿を牛耳っている大聖女は、かつての皇帝選の勝者だ。大聖女は皇帝と同じく老いず、聖眼を持ったままでいる。その能力によっては、自ら申請した課題について、結果を見通すことも可能だろう」

　はっとシルヴィアは顔をあげた。

「大聖女であれば、世界の滅びに関係ない、あるいは自分に都合のいい課題を皇帝選に紛れさせることができる……？」

「そうだ。自然淘汰できそうな瘴気をわざわざ聖女たちに祓わせろと、大物貴族が大聖女に賄賂を持って頼むことは珍しくない。聖女が祓った土地は箔が付くからな」

「高く売れる……それに皇帝選の課題で祓ってもらえるなら、金銭も必要ない」

　聖殿や神殿を通じた巫女の奉仕活動と結果は同じでも、聖女は別格だ。皇帝選のあとは大物になればなるほど貴族に囲われ、その活動に高い金銭を要求されることになる。

「大聖女への賄賂のほうが安くつくのだろうな。大聖女にも引退後の生活がある。瘴気も祓われるし、悪いことばかりではない。皇帝選の課題にするほど重要でないというだけでな。神もそれくらいならお目こぼしするのだろう。だがサマラの目的は、そんな可愛らしいものではない」

オーエンが必要もないのに声をひそめた。

「サマラの聖眼は、滅びの道を映すのだ。この意味がわかるか」

「……まさか、滅びを招く事案を、課題にしているとでもおっしゃるんですか？　考えられません。それに、そんなことしてなんにもならない。むしろ――」

「今の皇帝選が続く限り、サマラは大聖女でいられる」

世界が滅んでしまう、自殺行為だ――というシルヴィアの反論を、オーエンの答えは封殺してしまった。

「聖女シルヴィア。たとえば来年、世界は滅ぶと思うか？　そのような未来を聞いたことはあるか？　あるいは視たことは」

「……いいえ。だってそれをふせぐために、皇帝選を今、やっているわけで……」

「そうだ。そなたらは世界の寿命を延ばすために皇帝選をやっている。効果は数か月か一年か十年か、課題からは判然としない。だが皇帝選の課題を聖女が解決し続ける限り、今この瞬間にも、世界の寿命は延び続けている。まだこの先百年、世界は滅びないと断言できないだけだ」

ならば、皇帝選を引き延ばすことは、できなくはない。前回のように一年、あるいは数年――滅びに片足を引っかけたまま、ずっと繰り返せるのか。

ぞっと背筋に震えが走る。急いで首を横に振った。

「いいえ……いいえ、でも永遠には無理です。いつか、必ずほころびがきます」

「そのとおり。だがほころびがくるまでその未来を引き延ばそうとするのは、不可能ではあるまい。皇帝選が終われば確実に引退すると決まっている大聖女にとって、賭けに出るだけの価値はあるのだ、残念ながら。そしてサマラにその決意をさせたのは、他ならぬそなたであろう」

見返したシルヴィアに、オーエンは嘆息と一緒にまぶたをおろした。

「サマラは知ってしまったのだ。世界の寿命にはある程度の猶予がある。何より皇帝選はやり直しがきく、ということを。事実、此度のやり直しでサマラの任期は確実に延びた」

やり直しなんてことにならなければ、今頃とうに皇帝選は終わり、新しい大聖女が誕生していたのは確かだ。

「まさか皇帝選のやり直しを決める権限が、大聖女にあるんですか」

「いいや。そこも人智が及ばぬところだ。あれは完全に前代未聞の事態だった。なぜそういう判断がなされたのかは我々にも、それこそサマラにも正確なところはわからないだろうが……状況から予想はできる。勝者を選べなくなったからだ。あの一件の直後、課題が消えてしまったと聞いている」

直後といえば、ちょうどシルヴィアは生死をさまよっていた。初めて聞く話だ。ロゼやマリアンヌからも聞いたことがないので、彼女たちも気づいていなかったのだろう。

「事件は皇帝選が始まって間もないうちに起こったため、まだ聖女が大勢残っていた。五人の聖女が残ったときが、最終月という決まりだ。なのにそこまで続けるための課題がない。そしてここからは完全に予想だが、皇帝選は百年寿命を延ばすための方策を、計算し直したのではないかと思う」

「それは……課題を構成し直したという意味ですか？」

「そうだ。ニカノルで妖魔皇の心臓は封印されるか、妖魔皇ごと潰えるべきだった。だがそなたが解決した結果は、皇帝選が予測したどの未来にもなかったのではないか」

オーエンがテーブルの上にある果実水を自らの杯に注ぎ、ひとくち飲んだ。

「予想だがそうはずれてはいないだろう。大事なのは、皇帝選にとって勝者を決められない事態を引き起こせば、やり直すことになるということだ。そこでだ。たとえば、世界の寿命がまだ百年に満たない場合はどうなると思う」

皇帝選本来の目的である『百年の延命』が果たせないままでは、皇帝選を終えることはできない。それを果たせない聖女と皇帝候補たちを勝者にもできない――また、やり直すことが考えられる。

「……そしてサマラ様の聖眼なら、そうなるよう課題の調整ができる……？」

「そうだ。世界を滅ぼすような課題をあちこちに仕込んで、聖女たちが積み重ねた寿命を間引きする。そうすれば、そなたらのように引っかかる者は必ず出てくる。やっていることと自体は何も不正ではない。引っかけ問題を作るようなものだ。それらをさけてこそ真の聖女と言われれば、誰も反論はできまいよ。現に、皇帝選もサマラの申請する課題を承認している」

「……お話は、わかりました。筋も通っていると、思います……でもなぜ、私にそれを教えるのですか」

「そなたにサマラを止めてほしいからだ」

オーエンはからになっているシルヴィアの杯に、果実水を注いだ。

「具体的に言えば、そなたに皇帝選の勝者となってほしい。それが一番、サマラの野望を挫く方法だと思っている。普通に皇帝選の課題を解決するだけでは、サマラの思惑どおりになりかねない。なんといってもサマラは前回の勝者だ。だが皇帝選の想定すら書き換えたそなたなら、話は別だ」

「そう言われても、私には何もお約束できません。私の聖眼は、そんな遠い未来は視えないんです」

何がサマラの課題でそうでないか見抜くのは不可能だ。そもそも今の順位では、次で皇帝選から脱落するかしないかの瀬戸際である。

「わかっている。ただこう言わねばそなたの信頼を得られぬだろう。――近いうちに、おそろしく配点の高い課題が出る。ベルニア聖爵領での課題だ」

――次は実家で会おうね。

プリメラの言葉を思い出し、シルヴィアは顔をしかめる。

「……そなたの境遇は聞いている。助けたくはなかろうな。自分を散々、見下し、虐げてきた者たちなど」

オーエンはシルヴィアのしかめっ面の意味を勘違いしたらしかった。

「だがそれはそれ、これはこれと割り切ることも必要だ。勝つためにはな」

「まさか、さけるなと釘を刺すために、こうして私にお話を？」

「そうだ。新しい課題は他にも出る。だが決して、のがしてはならぬ課題だ。特に、今のそなたの順位と点数では」

順位と点数に余裕があれば、確かに配点の高い課題を逃してもそう痛くはない。だが今は別だ。

「……その情報はどこから得たんですか」

「これでも皇帝だ。聖殿も一枚岩ではない。いいか、ここで失点を取り戻すのだ。そなたらが脱落せずにいるためには、これしかない」

「……ご助言は感謝します。ですが皇帝陛下、僭越（せんえつ）ながらあなたにもサマラ様と同じことが言えるんですよ」

今回の皇帝選が終えればその地位を失う者。それは聖殿のサマラだけではない。目の前の、国を百年支配し続けたこの男も同じはずだ。今のところサマラのように明確な敵意は感じないが、だからといって安易に信じるのも危険だ。

「まして、妖魔皇を皇帝候補とする私に協力を求めるなんて。国の行く末が心配ではないのですか」

普通、妖魔皇を皇帝になど考える者はいない。

だがオーエンは、大きな声をあげて笑った。

「もっともだ、聖女シルヴィア。だいぶ脅（おど）しをかけてしまったが、そなたに目をつけたのは正解だった。だが覚えておいてほしい。この時間を少しでも長く、と願う者もいれば、もうこの時間が終わってほしいと願う者もいることを」

　オーエンは後者なのか。思いがけない返答に対する戸惑いを汲み取ってか、オーエンが苦い笑みを浮かべる。

「若いそなたにはわからぬことかもしれんな。だが今思えば、俺の一番の目標は、皇帝になることであった。そして在位は、俺が皇帝になったことが正しいのだと証明し続ける時間であった」

　オーエンの瞳は、鋭いながらも老いを思わせる色があった。

「今、それがサマラによって覆されようとしている。最後の最後に、俺を皇帝とした聖女が過つなど、看過しがたい。それでは俺が皇帝になったことが、この百年が、間違いになってしまうではないか」

　笑っているが、自分を皇帝候補にと選んだ聖女に対する、静かな怒りを感じる。オーエンにとってサマラの行動は、自分の人生に泥を塗る裏切りなのだ。

　終わりを決める、という考え方はシルヴィアにはまだできない。けれど、百年生きた者はまた違うのだろう。

「……失礼なことを申し上げました。お許しください」

　頭をさげたシルヴィアに、オーエンはやはり笑う。

「かまわぬ、久しぶりに退屈せぬ時間であった。——よいか、ベルニア聖爵家の課題に必ず取り組め。脱落をさけるためには、それ以外に道はない」

「……わかりました、情報、ありがとうございます」

「できれば俺の治世を、美しく終わらせてくれ」

その言い方に、シルヴィアは少し笑ってしまった。

「美しく、だなんて。お父様みたいなこと、仰るんですね」

妖魔は美しいものが好きだ。振る舞いの美しさにもこだわる。

「妖魔皇にもよろしく伝えてくれ。いずれ、相まみえたいと」

皇位を引き継ぐ際に。そういう言葉が隠れている気がした。

立ち上がったシルヴィアは、精一杯丁寧にお辞儀をする。屋敷を出て馬車に乗っても、追っ手をかけられるような気配はない。

（それにしても、ベルニア聖爵領に課題……）

かつて魔力が測定できなかったシルヴィアをこぞって虐げた家族と、領民たち。オーエンが心配したような悪感情はない。だが、もう関わりたくないと思っていた。オーエンからの情報がなければ、それとなくさけていたかもしれない。

でも、そういうわけにはいかないのだろう。

宿についたら、説明が待っている。おそらく皆は心配してくれるだろう。だからこそ理路整然と説得せねばならない。憂鬱な顔ができるのは宿に戻るまでだ。

もう子どもではないのだから——ルルカが認めてなくても、まずそう背筋を伸ばさないと話にならない。

第二章 穢レタ故郷

一年ぶりの故郷の空は、どこか寒々しく感じた。

聖都を北東にあがったところに位置するベルニア聖爵領は、眼下を流れる大河の向こう岸だ。生まれ育った屋敷のある領都は、さらにもう少し先になる。そちらの方角を眺め、シルヴィアはテラスの手すりに触れる。

ここにくる途中、手がけられる課題はこなしていったが、順位も点数も脱落を回避できる安全圏には届いていない。そう思うと、オーエンからの情報は有り難かった。ベルニア聖爵家の課題がなかなか出ずひやひやもしたが、それも、ついさっき解決された。情報どおり、ベルニア聖爵領での課題が出たのだ。

こうなると他の聖女たちとの競争だ。いちはやく現場にたどり着ける利は大きい。

課題内容は、ベルニア聖爵領で起きる暴動を止めること。

配点が高いというのは間違いなさそうだった。皇帝選の最中に、聖爵領の暴動だ。他の領地とはわけが違う。しかもオーエンから情報がなければ、さけていた課題かもしれなかった。シルヴィアたちは妖魔退治や瘴気を祓うのは得意だが、暴動といった社会問題への適切な対抗手段をほとんど持っていない。

ただ、暴動が起こるなんて、とはあまり思わない。

今、ベルニア聖爵家は荒れている。かつて天才聖女プリメラという宝と、シルヴィアという共通の敵で結束を強めていた家族も領民たちも、今やばらばら。プリメラにも見捨てられた両親は不仲になり、領地の治政にまで影響が出ている。どこでどう暴動が起きるのかはわからないが、領民たちが荒れていることなど容易に想像できた。プリメラもおらず、他の聖爵家からも距離を置かれ、周囲の評判も最悪である。

没落の道を転がり始めている最中だ。治安は悪くなっていて当然である。もう瘴気の発生くらい頻繁に起こっているかもしれない。それらのすべてに手が打てないまま、暴動が起こるのだろうと、たやすく予想はついた。

「自業自得だわ……」

「ベルニア聖爵家のことか。なら、引き返そう」

背後からの声に、シルヴィアは背筋を伸ばした。よりによってルルカに聞かれてしまうなんて。

「今からでも遅くない。別に帰りたい家でも、助けたい故郷でもないだろう」

「そ、そのお話なら、もうすみました」

「強情な子だ。誰に似たのだか」

呆れたルルカの嘆息に、シルヴィアは答えない。

シルヴィアから話を聞いて、真っ先に反対したのはルルカだった。ルルカはベルニア聖爵家がシルヴィアにした仕打ちを目の当たりにしている。襤褸雑巾のようだったシルヴィアを忘れていないのだろう。生家といえどもはや絶縁したも同然、シルヴィアの父としてあんな場所に戻すわけにはいかないと言った。

それを、もうなんの関係もないからこそ向かうべきだとシルヴィアは説得した。さけるのはただの感情論であり、筋が通らない。スレヴィがシルヴィアの筋の正しさを認め、さけても問題の解決にならないとマリアンヌの擁護が入り、ロゼは戸惑いつつアークと一緒にシルヴィアを支持してくれ、結局はルルカが折れた。

「皇帝の話など、どこまであてになるか」

だが納得はしていないのだろう。ことあるごとに、こうしてからんでくる。

「そもそも、俺の心臓の盗難からして帝室はあやしかった」

「あれはジャスワント様の仕業でしょう」

一年前、ルルカがシルヴィアを聖女にして皇帝選へ参戦したのは、聖女ベルニアへ捧げた自分の心臓が盗まれてしまい、それを取り戻すためだった。盗んだのはオーエンの息子でありプリメラの皇帝候補であるジャスワントだ。動機も聖女ベルニアへの心酔による私情だと、本人の口から聞いている。

「わざと息子を放置した可能性もあるだろう。妖魔皇の心臓の封印を解くために」

「なぜそんなことをするんですか」

「そんなことはわからない。ただ、昔から帝室というものは好かない」

きっぱり言ったルルカに、シルヴィアは呆れた。居所がつかめないとオーエンは言っていたが、ルルカがさけていたのが正解か。

「あとは母からも皇帝に近寄るなと言われている。それが遺言だ」

「本当ですか、それ……」

「信じないのか」

真顔で言われるとますますうさんくさい。

「好き嫌いで状況を判断しないでください。皇帝陛下の話に、今のところ矛盾はありません。大聖女サマラが私に何かしようとしたことは事実ですし」

「……大聖女か。俺の娘に手を出そうなどと、畏れ知らずなことだ。俺が娘をそんなにやわに育てているわけがないだろうに」

「ならそんなに心配なさらず、いつもどおり見守っていれば」

「だが、俺をさけている」

ぎくりと身が強(こわ)ばった。

「さ——けて、なんて」

「お父様の顔を見て言いなさい」

挑発のまざる声にむかっ腹が立ったので、隣にやってきたルルカの綺麗(きれい)な顔を正面からにらむ。

「さけてなんていません」

ルルカはまばたいたあと、唇をほころばせた。

「そうか。そのわりには久しぶりに目が合った気がするな」

「それは……お父様の被害妄想です」

「俺の姫が年頃なのはわかっている」

年頃。そんなひとことで片づけられるのは屈辱(くつじょく)だ。だが、静かで真面目(まじめ)な大人の眼差(まなざ)しに、感情がしぼむ。

「見守るつもりだったが、少々状況が変わった。お前は皇帝選を脱落しかけているし、皇帝だの大聖女だのここにきてキナ臭いことばかりだ。その自覚はお前にもあるだろう？」

「それは……はい」

「なら、ベルニア聖爵領にいる間だけでも、さけるのをやめなさい。この間の減点を取り戻すだけの配点が見込めるということは、ニカノルのときとまではいかずとも、危険な課題のはずだ。違うか」

久しぶりに正面からルルカに向いた視線が、正論にさがってしまう。

「お前は俺の大事な娘だ。それはわかるな？」

ぐっと拳を握りしめて、首肯した。

「そしてベルニア聖爵たちがやったお前への仕打ちは、俺には到底看過しがたい。だから心配されているのも、わかるな？」

ルルカは心配性だ。何があっても助けにきてくれる。もう一度、頷いた。

「なら素直に、お父様の言うことを聞くべきだな？」

首を横に振った。

「……。本当に強情な子だな、お前は」

「……そんなにやわに育ててないと先ほどおっしゃったのは、お父様です」

ルルカが両腕を組み、呆れ顔になった。

「……わかった、一本取られた。なら見守りはするが、危険だと判断したら黙って見てはいないぞ。困ったらお父様にちゃんと助けを求めるんだ」

「それは……わかっています。そこまで子どもではありません」

ルルカの強さは必要だ。それこそ皇帝選を勝ち抜くためにである。

「お前の生家に向かう際は、俺も必ずお前と一緒にいく。絶縁したとはいえまだ一年。あちらはまだお前を娘だと思っているだろう。俺も同行することが、お前のすることをおとなしく見守る条件だ」

「……わかりました」

反論するのも意地を張るのも難しくなって、おとなしく頷く。

「いい子だ。まだ子どもなのだから、甘えていればいい」

子ども扱いするなと言いたいけれど、シルヴィアもルルカを『お父様』と呼ぶことをやめられない。

（……結局、いちばんどっちつかずなのは、私なのかもしれない）

そう思って、頭にのせられた手は振り払わなかった。

「皇帝など目指さなければ、話は早いんだがな」

「そうはいきません。ちゃんと老後まで安心して暮らせる国を作ってもらいますから」

そこは絶対だ。この先、ルルカとシルヴィアがどんな関係になるにせよ、生きていく場所は必要である。失恋だって、生きていなければできない。

そのためにも、今、皇帝選から脱落するわけにはいかない。

課題は昨日出たばかりで、まだ暴動は起こっていない。ベルニア聖爵領入りしたシルヴィアたちは、まず情報収集をすることにした。暴動の起こりそうな場所、時期、原因に当たりをつけるのだ。暴動の発生そのものをふせげれば、高得点が期待できる。

とはいえ、ベルニア聖爵領最南端の大橋を渡って領地に一歩入ったところから、どこもかしこも荒れているとわかってしまった。

「北の村の連中、瘴気に耐えられなくて逃げ出したらしい。こっちに押し寄せてきやがって、追い払ってんだよ。今年は不作なんだからわける食料なんぞあるか」

「東の穀倉地帯の奴らが食料をいつも以上に備蓄してるって噂だ。高く売りつける気なんだよ、こんなときに金のことしか考えてねえ」

「別の聖爵領に娘を売ったのよ、あそこの家。それで自分たちも引っ越すつもりだったみたい。でも必要なのは娘だけだからって断られたみたい。この町じゃ裏切り者よ」

もはやあちこちに火種がある状態だ。これでは特定もできない。

だからこそ、ベルニア聖爵領の中心――生まれ育った街に入り、長年すごしたシルヴィアの生家に向かうのが急務だった。

「シルヴィアさんは顔がわれています。私とロゼさんが調べるべきでは？」

マリアンヌの提案に、シルヴィアは首を横に振った。

「私とお父様でまずベルニア聖爵邸を訪ねます。いずれ街に入るなら同じことですし、私はいい囮になれます」

「囮とはまた物騒な言い方をされますね、姫様」

「あの街の人間はきっと私を見ればこう考えます。復讐しにきた。あるいは、災いをもたらしにきた。プリメラが戻らなくなったことも、私のせいだとでも言い出すでしょう」

さめた目で告げるシルヴィアに、皆が複雑そうに顔を見合わせている。ルルカだけが淡々としていた。

「お前がきたとなれば、姿を消しているという聖爵も出てくるかもしれないな。娘を囮にするのは心苦しいが、話は早そうだ」

「領都は私にまかせて、ロゼやマリアンヌ様は北へ向かってください。瘴気から逃げてきて追い返されているなら、いつ暴動になってもおかしくありません」

ロゼやアークは心配そうにしていたが、スレヴィとマリアンヌは嘆息ひとつで承知してくれた。それに、移動する屋敷があれば離れてもまたすぐ戻ってこられる。二日後、落ち合う場所と時間を決め、シルヴィアとルルカを置いて、皆は屋敷ごと北へ向かった。

屋敷を見送ったあと、シルヴィアとルルカは徒歩で領都へと向かった。

いつか裸足で駆けた道も、街を囲む門も、記憶のままだった。リベア聖爵家の没落ぶりをつい最近目の当たりにしたのでそれなりの覚悟をしていたのだが、一度できた建造物はそう簡単に崩れるものではないらしい。社会の仕組みも同じなのだろう。

ボロをまとい、穴のあいた靴で必死で逃げ出した門を、真っ白な外套を羽織りぴったりの革靴で再びくぐった。

門番の男がこちらを見たが、すぐにルルカが通行証を見せて——本物かどうか知らないが——事なきを得る。

そして踏みこんだ街並みは、やはり一年前とさほど変わらなかった。

フードをかぶって、慎重にシルヴィアは周囲を観察する。大通りぞいに旅行客用の大きな宿屋、向かいに大衆食堂と上品な酒場が並んでいる。小さな広場をこえれば街の皆が使う食料店や果物屋、奥には街で一番大きな集合住宅——色んな記憶が蘇った。大通りを歩くことはほとんどなかったが、どこに何があるかは覚えている。裏道や薄暗い路地には懐かしささえ感じた。

それでも時折、記憶と違うところがあった。閉店した花屋に、休店の看板が掲げられた貸本屋。人気がなく雑草が放置されている民家。露店の客の呼び込みや、物売りや新聞配りも減っている気がする。かわりに煙草を吸ってたむろする見知らぬ顔が増えていた。路地裏では、子どもたちが遊んでいるのではなく、座りこんでいる。あれは近くの修道院で保護されていた、身寄りのない子どもたちではないか。

（修道院の寄付が打ち切られた——ありえるかもしれない）

貧困が社会現象として舞いこむとき、真っ先に生活が変わるのは最下層からだ。店もまず生きていくのに不要なものから潰れていく。

ふと、注意していたつもりで、見知った顔と目が合った。屋敷の近くに住む通いの使用人のひとり、馬丁だ。使っていない馬小屋に逃げ込んだところをよく引っ張り出され鋤で小突き回されたから、顔を覚えている。

だがシルヴィアと目が合っても、よそ者に向ける怪訝そうな表情を浮かべただけで、そそくさと裏道に入っていった。一年前にくらべて背も伸びたし、何より身なりがまったく違うせいで、シルヴィアがわからないのだろう。ほっとしたが——今は、彼の勤務時間ではないのか。

「静かだが、嫌な空気だな」

シルヴィアの半歩後ろからついてきているルルカがひとこと、的確な感想を述べた。

表面上は変わらず見えるのに、ところどころ知らない間にほころびを見つけてしまう、そういう雰囲気だ。嵐の前の静けさに似ている。

ゆるい坂道を上りきると、見慣れた屋敷が現れた。

ベルニア聖爵邸。十三歳の聖誕の夜まで、シルヴィアはここで生きていた。

人目が多く逃げ出すこともできなかったその屋敷は、まるで廃墟のようにひっそり佇んでいた。庭から伸びた蔓が下から鉄柵に巻き付き始めている。搦め捕って、引きずり落とす前触れを感じさせるそれから、シルヴィアは目をそらした。

記憶そのままの位置にある呼び鈴を鳴らした。出てくるのは執事頭か、侍女頭か。フードを落としてきちんと顔をさらせば、わからないということはあるまい。

ぎゅっとフードの縁を握ってから、落とす。扉があいた。

できるだけ毅然と、まっすぐ顔をあげる。間違ってもうしろのルルカに助けなければと思わせないように――それだけしか考えていなかったシルヴィアの決意は、思いがけない相手の登場に挫かれた。

「……シルヴィア」

ここまで誰も気づかなかった名前を、あっさり呼ばれる。

そしてシルヴィアも、考えるより先に相手が誰かわかってしまった。ぼさぼさの頭、やつれた顔、痩せ細った体——見違えるほど変わってしまったのに。

「お、母様……」

「シルヴィア……ああ、シルヴィア、本当に帰ってきてくれたのね！」

両手を広げた母親に抱きつかれ、息を呑む。うしろのルルカがうんざりと嘆息するのがわかった。

「今日はね、屋敷にあまり人がいないのよ。でも家族水入らずでいいわよね」

どこかうつろな笑みを浮かべて、母親は応接間で自らお茶の支度を始めた。もちろん聖爵夫人がお茶を淹れるのは、客人によってはあり得るもてなしだ。だがそんな母親ではなかったことは、シルヴィアがよく知っている。

「手伝います、お母様」

何か妙なものでも入れられたら困ると母親の手元を見て、眉をひそめた。爪先までいつも綺麗にしていた母親の手は、ひどく荒れている。袖口から見えた手首は、傷だらけだった。見てはいけないものを見た気がして、さっと目をそらす。用意された茶器はふたりぶんだ。ルルカのものがない。嫌がらせを疑いかけたが、さっきからまったくルルカに見向きしていないことに気づいた。

（まさか、誰かわかっていない……とか？　それとも見えてない？）

ぽんと両手を叩く表情は明るいのに、目の焦点があやしい。

「そうだわ！　シルヴィアはジャム入りのクッキーが好きだったわね。ああ、なんてことかしら、こんなときに誰もいないなんて……ごめんなさい、シルヴィア。すぐ用意させるから待っていてくれるかしら」

はしゃいだ声をあげて踵を返そうとした母親に、シルヴィアは慌てて腰を浮かす。

「いえ、時間がないのでお気遣いな――」

「ここにいてくれるわよね？」

肩をつかまれた。上から見下ろす母親の目が、見開かれている。肩に、ネイルのはげかけた爪が食い込んだ。

「大切なお話があるの。聞いてくれないかしら。そうしたらぜんぶ、うちは元通りになるのよ。シルヴィアはもう聖女なんだから……ねえシルヴィア、お母様ずっと悪かったと思っているの。反省したの。だからお願いシルヴィア」

「お、お母様。いた……」

「お願いシルヴィアお母様を捨てないでそばにいてシルヴィア、どうしてなの何もかもうまくいっていたのにどうしてどうしてどうしてどうして――っ！」

母親を突き飛ばすようにして、ルルカがシルヴィアの肩をつかみ、母親から引きはがした。シルヴィアはソファにぽすんと力なく腰を落とす。

「これは俺の娘だ」

よろけた母親はその場に踏みとどまり、ぐるりとこちらを見てまた笑った。

「もうすぐお父様が帰ってくるのよ、シルヴィア。さあ座って待っていなさいな」

ルルカを無視しているのではない。目に入っていないのだ。ぞっとした。

「……話にならないな。シルヴィア、帰るぞ」

「で……も、話を、聞かないと。お母様、課題のお話を聞きたいんです」

呑まれてはいけないと目を向けると、母親は優しく微笑んだ。

「あらいけない、お母様ったら自分の話ばかりして。課題、そうね。シルヴィアは今、皇帝選に出ているのだものね。どう？　順調かしら」

「ここで暴動が、起きると聞きました。心当たりはありますか」

「暴動……まあ怖い」

困ったように母親が顔をしかめる。けれどすぐに浮かれた声をあげる。

「でも大丈夫ね。うちにはシルヴィアとプリメラがいるんだもの。ふたりとも立派な聖女として皇帝選に挑んで、しかも首位争いをしているなんて……お母様は誇らしいわ。心配なのはふたりが喧嘩(けんか)してないかくらいかしら。プリメラは少しわがままなところがあるから。でもシルヴィアがしっかりしているからお母様、安心よ」

ああ、母親はそういう世界で今、生きているのか。現実を受け止められずに、自分が何をしたかも忘れて、無責任な都合のいい夢に浸ってしまったのか。

ぎゅっとシルヴィアは外套(がいとう)の留め金を握った。

怒りと、それ以上の憐(あわ)れみで、言葉が見つからない。わかるのは、もう話にならないということだけだ。

「ほら、帰ってきたわ！　――プリメラ！」

妄想を疑ったが違った。ちゃんと応接間の扉が開き、堂々と入ってきたのは間違いなくプリメラだ。父親までそのうしろから不機嫌そうな顔で現れた。

弾けるように笑った母親が愛娘(まなむすめ)を抱きしめに駆けていく。ぎこちなく、シルヴィアは視線を動かした。

「たっだいま～お母様、久しぶりだねえ、元気だった？」

らしい。

「ええ、ええ、元気にしていたわ。あなたも」

「あ、ああ……」

父親が母親を見て気まずそうに、そしてシルヴィアを見て苛立たしげな顔をする。

「プリメラから聞いていたが、本当にきているとはな」

苛立たしげにそう言って、斜め向かいのソファに座る。まだ父親は現実認識能力がある

母親がおかしくなったとわかった今、それがありがたいくらいだった。

「お久しぶりです」

「何をしにきた。——まさかお前が暴動の原因か⁉」

「そんなことどうでもいいでしょお父様、久しぶりに家族がそろったんだよ！」

明るい声をあげたのは、プリメラだ。父親がうろたえ出す。

「だ、だがプリメラ、こいつは——」

「そうよねプリメラ。家族がそろったのよ！　皇帝選が始まる前はずっと……あら、いつ以来かしら……あなたに会ったのも……」

ぼんやり母親に尋ねられた父親が、頬を引きつらせている。思い出されてはまずいことでもあるのだろう。そんな気まずさを、プリメラが笑い飛ばす。

「それよりお母様、家族水入らずで話があるんだ！　座って座って、ボクお姉様のとーなりっと」

「プリメラ、家族水入らずってお前、そこの男に話を聞かせる気か！」

「……うっさいなあ」

　プリメラの声が一段、さがった。

「自分の立場、わきまえなよ。ボク、今すぐ出ていったっていいんだよ？」

　プリメラの冷たい眼差しに渋々父親が口を閉ざし、ルルカをにらむ。完全な八つ当たりだが、ルルカは興味がないようで一瞥も返さない。プリメラはご機嫌でルルカとは逆のシルヴィアの隣に座った。母親が媚びを売るように、すぐさまよってくる。

「プリメラ、ほらこれ、あなたが好きなお菓子でしょう？　たくさんあるからね」

「わーい、でも実はねーこれキラーイ」

　笑顔でプリメラが母親目がけて菓子台を蹴り飛ばそうとするのを、咄嗟にシルヴィアは制した。

「お行儀が悪いです、やめなさいプリメラ」

　プリメラは小さく鼻で笑ったあと、足を組み直す。母親がぺたりと床に座りこんだ。

「さっすがお姉様は真面目で優しいなあ、ねえお母様！　よかったね」

プリメラと目を合わせないまま、母親が何度も頷く。その表情には隠しきれない恐怖が浮かんでいた。

「え、ええ……そう、そうね……あ……ありがとう、シルヴィア……」

「……いえ」

震えが止まらないらしい母親に、複雑な気持ちで頷き返す。

くすりとプリメラが笑った。

「じゃあ早速、本題に入ろうか！　お父様にはさっき少し説明したけど、ここで暴動が起こるんだって。それを防ぐのが今回の課題。ここはボクらの大事な故郷だよ、暴動なんて許せないよね、がんばろー！」

シルヴィアのさめた眼差しになど、プリメラは頓着しない。

「で、早速教えてほしいんだけど、暴動が起こる地域とか、心当たりない？　ベルニア聖爵領は広いからね」

「……ふん。どうせ、東の連中だ。食料をケチり始めたり、キナ臭い動きをしている」

「北から逃げてきている人がいるとも聞きました」

父親が鼻の穴をふくらませる。

「ああ、それもだな！　追い払っても追い払っても戻ってくる。最近では山賊まがいのことをやり始めたとか。嘆かわしい。西の連中も最近は何かと反抗的で……南の奴らは聖都や他を頼ろうとさっさと逃げ出す有り様だ」

「……どこで暴動が起こってもおかしくないな。失政にもほどがある」

ルルカの小さなつぶやきに張り合うように、父親が大声をあげた。

「だがそれも今日までだ！　プリメラさえ戻ってくれれば、領民共もまた他の聖爵家も頭をさげて——」

「あーそれなんだけどさあ、ボク今回この課題、手をつけないから」

「は？」

父親が間抜けな声をあげた。シルヴィアに出された紅茶を勝手に飲んで、プリメラが背もたれに体重を預ける。

「応援だけしにきたんだ！　だってボク、このまま放っておいても首位だしね。誰かさんが勝手に脱落しちゃったし。しばらくお休みしてもぜーんぜん平気ってわけ」

「……そ、そんな、プリメラ。じゃあ、ここはどう——」

「もちろん、ボクが必要と判断すれば解決に乗り出すよ！　ニカノルのときみたいに」

父親が息を呑む。母親は自分の両肩を抱いた。両親にとってニカノルでの出来事とそこでのプリメラの振る舞いも、心的外傷になっているのだろう。しかもニカノルは瘴気こそ祓(はら)ったものの、領主が失った信用も出ていった人間も戻らず、このまま寂れるのではと噂(うわさ)されている。

「――っうちを、ニカノルと同じようにすると言うのか⁉　そんな馬鹿な話があるか、許さんぞプリメラ！　お前は、親を親をなんだと……っ」


「だからうるさいって」

プリメラににらまれ、テーブルに振り下ろそうとした拳を父親が止める。

「ボクに指図するなよ。何が親だ、なら自分でなんとかしてみろよクズ」

「お、おま、お前、育てて、やった恩を……」

「お前らや領民どもが死んだって、ボクはちっとも困らないんだってどうしてわかんないのかなぁ、この無能。お前らにボクは必要だろうけど、ボクにお前らは必要ないんだよ」

父親は口をぱくぱくさせて、答えられないでいる。プリメラは床にへたり込んだままの母親に話しかけた。

「ねえ、お母様も。いつまでそうやって現実逃避してられるか楽しみだね。だってろくな死に方しないからさ、ふたりとも」

プリメラが言えば、それはもう予言みたいなものだ。父親が真っ青になる。母親にいたっては呆然と床の一点を見つめたまま、動かない。

「……それがあなたの聖眼が示した道ですか」

プリメラの聖眼は、プリメラを聖女にする道を指し示す。ここでシルヴィアと顔を合わせるところまで視えていたのだ。すべて予定どおり、もう暴動の原因もわかっているのかもしれない。

「そういうことだよ。で、お姉様は助ける気？　このクソ親どもをさ」

「……そうだ、お手紙」

母親のつぶやきがまざる。どこを見ているかも判然としない表情が、突然笑顔に変わった。

「お手紙がね、昨日、届いたのよ。リベア聖爵家から。お隣だからかしら。最近、よく訪ねてきてくださって……ひょっとしていいお話なんじゃないかしら？」

「……それはカルロス様からですか？」

「あら、よく知っているわねシルヴィア。あなた、ちょっと待っていらして」

先ほどまでの無気力が嘘のようにすくっと立ち上がった母親が、応接間の壁にある硝子の棚に向かう。何やら戸棚を漁っていたと思ったら、すぐに戻ってきた。大事そうに抱いた手紙を父親に差し出す。父親はちらと封筒を見て、両腕を組んだ。

「リベア聖爵だと？　不吉だ、捨てろ！」

「あら……じゃあどうしましょうか……お返事は……」

「お母様、私が読みます」

シルヴィアが差し出した手に母親が嬉しそうに手紙をのせた。封は既にあいている。隣のプリメラは知らんぷりだ。中身をわかっているのかもしれない。

「……宝剣の浄化をお願いする手紙ですね。今回の課題にあった……」

「何が助けるだ。助けてくれという手紙じゃないか」

両腕を組んだ父親が憤慨(ふんがい)している。

「あら……いいお話なのかしらと思ったのだけれど……違ったかしら……」

ふわふわしている母親は封をあけただけで中身を読んでいないのか、それとも理解できなかったのか。シルヴィアは手紙を封に入れ直した。

「私が預かっておきます。いいですか？」

「勝手にしろ。誰がリベアを助けたりなどするものか！　幸先悪い。あそこと関わり合いになれば、大聖女からいらぬ不興を買うわ」

顔をあげたシルヴィアに、父親が鼻先で笑う。

「そういえばお前はリベアを助けて順位を落としたそうだな。ふん、それで大きな配点がいると……なるほどな。読めてきたぞ、お前がうちを助けようとするわけが。なら取引だ、シルヴィア」

　父親はシルヴィアのさめた目に気づかず勝ち誇っている。

「優先的に情報をやろう。領地内も自由に動けるように許可してやる。その代わり必ず解決しろ。暴動など起こさせるな。決して失敗は許さん！　そうすれば、家に戻ることを許してや――っ！」

　がん、と隣から大きな音が響いた。ルルカだった。長い足の踵で、テーブルの上を蹴ったのだ。行儀が悪いなんてものではない。

　だがその瞳のひややかさは、星の静かなまばたきを思い起こさせるほど美しい。

「これ以上は時間の無駄だ。帰るぞ、シルヴィア」

「……待ってください」

　じろりとにらまれた。それが逆に、冷静さを取り戻させる。ルルカにすごまれ、ソファの背もたれに張りついていた父親に向き直った。

「本当に、暴動の心当たりはないんですね？」

「あ……あるわけがないだろう！　どいつもこいつもうちを馬鹿にして……っ」

「何か最近、身の回りにおかしなことが起こったりは？」

「そんなもの、お前が出ていってからすべてがおかしい！　散々世話をしてやった帝室も、他の聖爵家も手のひらを返したように！　……なんだその目は！」

「いえ。わかりました、では私はこれで。課題に取りかかります」

唾を飛ばして怒鳴っていた父親が下卑た笑みを浮かべる。立ち上がったシルヴィアは、また何か言い出す前に釘を刺した。

「ですがそれは、あなたのためではありません。ただ課題だからやるだけです」

「なんだと」

「もちろん協力も不要です、ベルニア聖爵。あなたは頼りにならない」

「ひっどーお姉様。親は役立たずって言ってるようなものじゃーん」

からから笑うプリメラとシルヴィアを交互に見つめ、父親が震えている。

「帰りましょう、お父様」

シルヴィアに呼びかけられたルルカが、テーブルの上から足をおろし、立ち上がる。

「助けるの？　ほんとに、ここを。この親たちを」

ルルカに続こうとしたシルヴィアの背に、プリメラが声を投げかけた。

「助けますよ。もうただの他人なので」

「放置すべき案件だって、大聖女サマは言ってたけど」

大聖女サマラから助言を得ていることを隠しもしない。それをシルヴィアは笑った。

「大聖女に取りこまれるなんて、あなたらしくないですね」

「……言うね」

「お互い、頑張りましょう」

本当にプリメラが何もしてこないなんて、信じてはいない。牽制もこめて挨拶を返し、玄関まで向かう。先に出たルルカはようやくそこで足を止めた。

「時間の無駄だった」

「一応、収穫はありましたよ。リベア聖爵の手紙です。あれは、私たちが宝剣を浄化したあとに出された手紙かもしれません」

ルルカがまばたいた。

「聖都を回ったせいで実感がないですが、ベルニア聖爵領とリベア聖爵領は大河を挟んでるだけで、一応お隣です。東に大きな橋があるので、三日もあれば書簡が届きます。でも消印がなかったので、誰かが直に届けにきたんじゃないでしょうか」

「お前たちと行き違った可能性もあるだろう」

「でもまた宝剣がおかしくなった可能性もあるとは思いませんか？　それに、お母様が言っていたことも気になります。最近、よく訪ねて、と」

あの状態の母親の言うことをどこまで信じていいかはわからないが、それにしても引っかかる言い方だった。シルヴィアの疑問に、ルルカは少し思案した。

「なら、リベア聖爵領でまた課題が出ているのか？」

「出ていませんが、何か起こる可能性はあると思います。もともと、減点はリベア聖爵領の課題を解決したことから起こってます。東の様子を見にいったん戻るのも――」

「シルヴィア！」

玄関から声をかけられた。母親だ。さっきまでプリメラに脅えて震えていたのに、今は編み籠を持って、笑顔でこちらへ駆けよってくる。

「ああ、よかった間に合って。ほら、これを持っていきなさい。あなたの好きなジャムを挟んだクッキーがたくさん、入っているから」

「え……あの」

「課題、大変なのね。頑張りなさい、シルヴィア。でも大丈夫よ、あなたなら。私の自慢の娘だもの」

編み籠を押しつけられたシルヴィアは、にこにこ笑っている母親をじっと見つめ返す。

「プリメラもジャスワント様が待っているから、すぐ出ていってしまうみたいだけど……皇帝選だもの。しかたないわよね。お父様もお仕事ですって。お話はまた、今度にしましょう」

父親には愛人がいると聞いている。たったひとり、屋敷に取り残される母親はそう解釈することで、なんとか夢と現実の折り合いをつけているのだろう。

　これを叩き返すのは簡単だ。でも、違うことを尋ねた。

「……お母様は、今、幸せですか」

「もちろんよ。娘がふたりとも立派に育って、皇帝選で活躍しているのだもの。どちらかひとりしか選ばれないというのが、とても苦しいけれど……怪我がないことだけを祈っているわ、シルヴィア」

「そうですか。それがあなたのいちばん幸せな夢なんですね」

　うっとりと夢見る瞳で、母親が頷く。

「ありがとう、いただいていきます」

「気をつけてね」

　どこまで何をわかっているのか、手を振って母親に見送られた。しばらく歩いて、母親の姿が見えなくなってからルルカが口を動かした。

「……食べる気か？」

「まさか。何が入っているかわかりませんし」

　夢と現の狭間で行き来しているとはいえ、母親の手作りには嫌な思い出しかない。

「でも……今のあのひとが生きている世界が、最高の幸せの形だというなら、それはよかったなと思うんです。私がプリメラに殺される世界を望んでもおかしくないのに」

母親はシルヴィアを欠陥品扱いして、プリメラに近づくことすら許さなかった。いつ死んでもいいと思っていたはずだ。

だが今は、娘がふたり、立派に育って、活躍している夢を見ている。そう願っていた頃を思い出したように、幸せだと笑っている。

現実は違えど、母親がそのつもりでいた時間は嘘ではなかったのだろう。

「都合がよすぎるとは思いますけど」

「俺の娘は優しいな」

「そうでしょうか。捨てますけど、これ。好きではないので」

ルルカにまじまじと見つめられ、シルヴィアは鼻で笑い返した。

「私が好きなクッキーは、チョコ味です。ジャム入りのなんて、食べた覚えすらないですよ。都合良く記憶をねつ造したんでしょう」

「……知らなかった。お前がチョコのクッキーを好きだなんて。いつからだ」

ルルカの口調に問い詰める音がまじっている。シルヴィアは眉をよせた。

「クッキーを食べ比べできるようになってからですから、自覚したのはわりあい最近ですけど……それが何か？」

「拾ったばかりの頃、スコーンにもパンにでも一生懸命ジャムを塗っていたから、てっきりクッキーもジャム入りが好きなのだと俺は納得してしまった」

「……あれは、その。ジャムを塗れる、というのが嬉しかったからで……」

今まで味わったことのない砂糖の甘さと果物の芳醇さ、何より華やかな色が嬉しくて塗りたくっていた時期があった。見られていたことが恥ずかしくて、顔を赤らめる。

「更新しておこう。娘のことならなんでも知っているのが父親だ」

だが次の言葉に頬の熱は一気に引く。反射的にルルカから二、三歩離れた。

「なぜ離れる」

「……気持ち悪いなって」

「気持ち悪い⁉」

いつか同じ顔を見たなと思いながら、ルルカを横目にもう一歩離れる。いつだったか。

「なぜだ。大事な娘のことだぞ。なんでも把握しておきたいというのは、父親として当然の心理じゃないか」

「いえおかしいです、そんな父親。なぜそういう発想に――」

思い出した。聖女ベルニアとの初恋話を「気持ち悪い」と一刀両断したときだ。

同時に思い至ったことに、シルヴィアはぱっと顔をあげる。

なんでも知りたい。把握しておきたい。

それは父親の発想ではない。ルルカのように、何より娘に強くあれと願う父親ならなおさら、ちぐはぐだ。自立してこそ美しい、などと言い出しそうなものなのに。

（……ひょっとして、ひょっとする？）

不意に思い出した。この父親はわりあい純朴で、疑心を持たない。聖女ベルニアの言い分を鵜呑みにして心臓を捧げ、千年近く返却を信じ、夢見ていたように。

「……」

「なんだその顔は」

「……えっあ、はい！　ええと……そう、ですね」

次は絶対に間違えないと決めたのだ。希望的観測の強い感情では判断しない。気づかれてもいけない。よし、深呼吸だ。

「あの人だかり、何かなと思って」

そして周囲を素早く見回せば、少し離れた場所にいい理由を見つけられた。ちょうど館から森のほうへと流れていく小川のあたりに、領民たちが集まって騒いでいる。

「お前に気づかれると面倒だ。お父様から離れないように」

外套のフード部分をシルヴィアの頭に被せて、ルルカが先に歩き出した。シルヴィアも黙ってついていく。だが途中でふと視線を感じて足を止めた。

目だけをあげると、川辺に向かう真逆の方向へと、フードを深く被った人物が足早に立ち去っていくところだった。

追いかけるべきか迷ったが、ひとまず川辺のほうへと向かう。

騒ぎの原因は、聞き耳を立てる間もなかった。ルルカも途中で足を止める。ルルカの背後からこっそり小川を見たシルヴィアも、目を細めた。

雨季でもない限りは基本的な穏やかで、夏は子どもの水遊び場にもなる川だ。

その透明で緩やかな川には、いくつもの川魚の死骸が浮いていた。

「川に毒を盛られたのではないかと、上流にある北の町に押しかけるつもりらしい」

宿に戻ってきたルルカは開口一番にそう告げた。小さな食卓の椅子に座って、読みかけの本を読んでいたシルヴィアは驚いて顔をあげる。

「確かなんですか。瘴気の影響のほうがまだあり得そうなのに……」

「お前の妹が、領都は北から攻めこまれるとベルニア聖爵に進言したそうだ。暴動鎮圧に向けて騎士団を貸してくれと、ベルニア聖爵は聖殿に使者を送ったらしい。……暴動は北から起きる可能性が高くなってきたな」

もともと北の領地は瘴気が発生していると聞いていたし、不穏な動きがあることはシルヴィアも懸念していたところだ。

「今回の課題に手を出す気はないと言っていたのに、あの子はまた何を考えて……」

だが聖女プリメラの言葉は、真実はどうであれ本当になりかねない。

「スレヴィたちが間に合えばいいが……いや間に合ったとしても、一悶着起こるな、これは。ベルニア聖爵はすっかり北を鎮圧する気だ。既に課題になっており、聖女も助けにくるから心配ないと喧伝しているようだが……」

確かに課題となれば、聖女が解決に乗り出してくる。だから安心しろという喧伝方法は正しいのだが、逆に言えば課題になるような暴動なのだ。そう簡単におさまるなら、課題になったりはしない。

それにシルヴィアには引っかかっていることがあった。

「……お父様、私、リベア聖爵領にいた執事さんを見た気がするんです、あの魚が死んでいる川辺で。なぜあんなところに……」

「リベア聖爵からの手紙を彼が持ってきたのでは？」

「かもしれません。でも、執事さんは私が宝剣を浄化したところを見てるんです」

行き違いの線がなくなった。ルルカが押し黙った。

小さな食卓の上に、リベア聖爵からの手紙を広げ、シルヴィアは考えこむ。

「――そもそも、手紙を出すのがおかしいんですよね……宝剣がまた穢れたとしても、リベア聖爵がどこかに助けを求めるのは考えにくいです。しかも今のベルニアに」

他家にも聖殿にも無視されるのが当たり前で、シルヴィアたちを頼ったのだ。今更、なんの理由もなくベルニア聖爵に助けを求めたりするだろうか。

「そうなると手紙は口実で、他に用事があったことになるが……さがすか？」

「そう……ですね。そのほうがすっきりするかもしれません……」

「あまりお前が歩き回ることを俺は推奨したくないがな。どういう人物だ」

「名前はヨアムさん。身長は、このくらい？　白髪まじりで、目つきが鋭くて……そういえば足音がしなかったような」

だがその日、ルルカと手分けしてさがしても、執事らしき人物は見当たらなかった。リベア聖爵領にもう戻ってしまったのかもしれない。あの一瞬、聖眼を起動しなかった自分の落ち度をひそかにシルヴィアは悔やんだ。

翌日になると、ベルニア聖爵領ではまた大きな動揺が走った。シルヴィアたちも通ってきた、聖都へ向かう南の橋が燃え落ちたというのだ。となれば南西で隣接している別の領地を通らなければならないのだが、西の領界は既に封鎖されており、ベルニア聖爵の領民を追い返しているという。しかもその封鎖を担っているのはデルフォイ聖爵家お抱えの聖女たちだった。既に課題のことを知っている領民たちは、暴動が起きるのを待っているのだと憤っている。

事実、西は暴動を待ち構えているのだろう。ベルニア聖爵領のどこで暴動が起こってもおかしくないなら、いちばん有利な場所で解決したい——当然の心理だ。暴動が起きれば、封鎖を解放するよう領主に話を持ちかけ、難民を受け入れるだけで点数が取れる。ほとんど自作自演だが、あくまで領界を封鎖しているのは領主であって、聖女に権限はない。封鎖を解かせたというなら、加点になるだろう。

こうなると身動きがとれなくなるのは、中央の領都だ。北は瘴気が迫っているという噂もあり、鎮圧が行われるところ。南は川が渡れなくなり、西は通さないという。そして東は橋が架かっているものの、リベア聖爵領だ。他の聖爵家や聖殿が忌避している領地に好んで行きたい者はいないし、助けも期待できない。

そんな状態をかろうじてもたせているのは、皮肉なことに聖女プリメラだった。

彼女が北からと言ったのだ。とにかく北さえなんとかすれば、課題は解決されて平穏が戻ってくる。まだ何も北では起きていないのに、因果関係も理屈も考えず、そう信じる者たちが多かった。

その北の情報をシルヴィアが得たのは、あらかじめ決めていた日時に、動く屋敷と皆が戻ってきたときだった。

「――何もなかった？」

「なかった、とは言いませんが……」

領都から離れた森の奥に隠した屋敷の応接間で、歯切れ悪くマリアンヌが言った。

「瘴気の発生は確かに起こっていました。ですが通常の範囲内で発生しただけです。むしろ、瘴気の発生に不安になって聖女の派遣をベルニア聖爵に陳情しようとしたのに追い返された、そちらの対応に不満がたまっているように見えました。要は互いに情報が正しく行き届かず、疑心暗鬼になっている状態ですわね」

「……ロゼはどうでしたか。何か視えましたか」

ロゼの聖眼はその場の危険を察知する。現実では見えない危険もわかるはずだ。暴動など起きるなら確実にわかる。

だがロゼは、ぶるぶると首を横に振った。

「視た時点では何も……少なくとも、今すぐに危険なことは起こらないと思います」

「でも……そう、鎮圧部隊は？　あれが北に向かえばさすがに何か起こるでしょう」

「そもそも、聖殿への救援要請は届いているんですか？」

人数分のお茶を用意したスレヴィの鋭い指摘に、シルヴィアは額に手を当てた。

そうだ、聖殿へ向かう橋は落ちた。西からも抜けられない。ということは、救援要請は届いていないか、届いていたとしてもどうにもならない。

そして聖女たちは、暴動が起こるまで動く気がない。

「……まずいですよね」

シルヴィアと同じことに気づいたらしく、アークがつぶやく。

「北さえなんとかなればと皆が思ってるのに、北には何もないとなると……今度はどこが悪いんだって話に……」

「そもそもこの状況が作為的に俺は思えるが」

ひとり、部屋の隅にある長椅子に腰かけてルルカがそう言った。

「もともと不安定になっていたところだし、悪いことは重なるものだ。だが、いきなり同時多発的に起こりすぎだろう。北に疑惑が向いたのも、南で橋が落ちたことも、ほとんど同日に起こっている」

「だとしたらあやしいのは西ですか？　自作自演の封鎖までしてます」

アークの質問に、ルルカは首を横に振った。

「西はそこまでこの課題に手をかける理由がないし、あの対応自体は想定内だろう」

「確かに、デルフォイ聖爵家とつながってる西があああするだろう……というのは予想しやすいですよね。課題のこともわかってるはずですし」

「……そういえば全部、課題が公表されてからすぐに起こってますね……」

シルヴィアのつぶやきに、ルルカは頷き返した。

「俺にはまるで、ベルニア聖爵家が弱ってきたところをずっと狙っていて、いよいよ好機がきたので一気に動いたように見えるが」

「ベルニア聖爵がその辺をうまくさばける人物ならばよかったのですがね——おっと失礼、姫様」

少しも悪いと思っていない顔でスレヴィが謝罪する。マリアンヌがにらんだ。

「慇懃無礼も大概になさいな。……でも、私も作為を感じます」

「え、ええっと、それって誰かが暴動を起こそうとしてるってことですか……？」

「結局、未来なんて過去と現在の積み重ねからくるものですもの。もちろんベルニア聖爵の失政によるところは大きいとは思いますが」

「あなたも姫様にずけずけ言い過ぎですよ」

「事実は事実です」

「どうなるんでしょう、これから」

睨み合うスレヴィとマリアンヌを引き戻すように、アークが尋ねる。すました顔で答えたのはルルカだった。

「決まっている。誰が起こすにしても暴動なんだ。真っ先に矛先にあがり、責任を問われるべき人物がいるだろう」

「……お父様」

知らずつぶやいたシルヴィアに、ルルカの静かな目が向けられた。

「お前のお父様は俺だ」

今、余計な情を傾けるな。そう釘をさされたようで、シルヴィアはうつむく。

「どちらにせよ、もう少しここに留まっていればわかるだろう。あいにく、雨も降っているようだしな」

ふと応接間でいちばん大きな窓を見ると、ぽつぽつと斜めに雨が落ち始めていた。これでは、屋敷が動けない。スレヴィがすました顔で尋ねる。

「明日の天気は？」

「昼になれば雨はやみます」

ならば移動先を決め、動くのは午後からでいい。

マリアンヌの回答を最後に、その場は解散になった。


薄暗い寝室のシーツの中で、シルヴィアは寝返りを打った。寝付けないのは、思考がまとまらないせいだ。

減点から始まったリベア聖爵家の課題、大聖女サマラの対応、皇帝オーエンからの情報提供、ベルニア聖爵領で起こっていることへの違和感。どれもいいように踊らされている気がする。

(何か手を打たないと。でも暴動の火種がありすぎて対応に困るなんて……)

何より本当に暴動が起きたとき、ベルニア聖爵家がどうなるのか。両親がどうなるのかを少なからず気にしている自分に、戸惑っている。

どん、と激しい叩扉(こうひ)の音が思考を遮(さえぎ)った。

「シルヴィア様！　シルヴィア様、起きてますか⁉」

「アーク？　入ってください、あいています」

いつも落ち着いているアークが、まるで飛びこむように部屋に入ってきた。起き上がったシルヴィアは、廊下からの明かりに一瞬、目をつぶった。

「ベルニア聖爵邸が燃えるって、ロゼが」

だが次の瞬間には目を見開き、シーツをはねのけて、外套を手に取っていた。

既にアークはスレヴィに報告をしたらしい。ならばマリアンヌとルルカにいずれ話が伝わるだろうと、シルヴィアは寝間着に外套を羽織って、自室のテラスから飛び降りた。アークは一瞬迷ったようだが、そのまま領都へ向けて走るシルヴィアについてくる。

「ロゼにどうしても気になるって頼まれて、俺たちこっそり、ベルニア聖爵邸を見に行ったんです」

息を切らさずついてくるアークが説明した。

「そうしたらロゼが屋敷が燃えるって言い出して、しかも雨が降ってる夜だと」

雨はまだしとしとと降り注いでいる。マリアンヌによれば明日の午後には雨がやむ。ロゼはそう遠い未来を視ないから、今夜の可能性は高い。

「誰の仕業かは？」

「ロゼが言うには、複数です。たぶん、領民じゃないでしょうか。俺たちが街に入ったとき、ちょっとした騒ぎになってたんです。ベルニア聖爵が逃げたって。領都をこっそり馬車で出たみたいなんです。ちょっとした騒ぎになって、皆が起き出してきてました」

　――領主のくせにひとり逃げ出した。そう思われてもおかしくない。いや、事実そうなのかもしれなかった。

「このまま暴動になるんでしょうか」

「わかりません。でも私は今、魔力が使えてます」

　アークと同じ速度で走り、木々の間を飛んでいけるのは、そのおかげだ。アークがまばたいたあと、あっと声をあげた。

「じゃあ、あたりに瘴気が……？」

「ベルニア聖爵領、特に領都はプリメラのおかげでずいぶん長く瘴気とは無縁でした」

　シルヴィアがまったく魔力が測定できないくらいに、瘴気のない土地だった。

「領民たちはおそらく、精神的にも身体的にも瘴気に耐性がありません。領都に瘴気が入りこみでもしたら、一気に恐慌をきたして暴動に発展してもおかしくない――」

　低木を蹴ったシルヴィアは、領都を上空から見て言葉を詰まらせた。街の一部がやけに明るい――その原因は、明白だった。隣でアークも舌打ちしている。

　皆がたいまつを掲げ、ベルニア聖爵邸に火をつけようとしているのだ。

　正面からの風が、睫に雨粒を叩きつける。ゆがむ視界を振り切って、シルヴィアは領都の壁を飛び越えた。

「アークはまずロゼと合流してください！　他に何か起こらないか確認して、私は家に行きます！」

「わかりました」

面倒なので、もう屋根から屋根へと飛び移って屋敷を目指す。

その間にも明かりは大きくなっていた。この雨足では火を止められないようだ。風もある。だが屋敷に近づくと、根本的な原因がわかった。

油を撒いているのだ。油は水に浮く。しかも屋敷の内部からも火の手があがっていた。

「本当に逃げやがったのか聖爵は。ふざけるな！」

「燃やせ、あんな領主の屋敷なんぞ燃やしちまえ！　聖女プリメラがいるなんて誤魔化しやがって、やっぱりいないじゃないか！」

「金目のものはあったか⁉」

それぞれが鬱憤をぶつけるように叫んでいる。その間にも火は勢いを増していた。

苦しかった思い出しかない屋敷だ。思い出したくもない。朽ち果ててしまってもせいせいするだろうと、この光景を見るまでは思っていた。でもいざこうして目にすると、呼吸が浅くなる。

（わたしの、いえ、が）

——そう思ってしまう。

「おい、聖爵夫人はどうした。捕まえなくていいのか」

血のような赤にのめりこんでいた意識が、引き戻された。

「いいだろ、あんな女。死んでも自業自得——」

「まさか、中にいるんですか⁉」

つい叫んだシルヴィアに、皆の視線が集まる。気まずそうな者が少し、鼻で笑う者やシルヴィアをにらむのが大半だ。

「どうだっていいだろうが、聖爵夫人様だと散々えらそうにしやがって……！」

「うるさく抵抗しやがったから殴りつけたんだよ、正当防衛だ！」

「中にいるんですね⁉」

「さっきからなんなんだ、お前！　まさか聖爵家の味方——あ」

「……っお、お荷物姫だ！」

誰かが悲鳴をあげるように叫ぶ。気づかれた。だがもうどうでもいい。シルヴィアは駆け出した。ロゼが視るのは、人命に関わる危険だ。このまま放置すれば、母親が焼け死ぬのは明白だった。

ここまで傘も差さず走ってきたせいで、外套は濡れている。魔力も使える。ある程度はもつはずだ。

そして母親をさがすために、聖眼を起動した。

火の中、倒れている母親の姿。気絶している。そこへ崩れ落ちる天井——まだ、それは先の話だ。

どの部屋だろう。母親は寝間着を着ているようだった。可能性が高いのは寝室だろうが、部屋に寝台が見当たらなかった。代わりに壁に見えるのは——梯子(はしご)とたくさんの棚(たな)と背表紙。本棚だ。

(図書室!?)

長く屋敷の出入りを禁止されていたが、一階の北端にあるそこはあまりひとがおらず庇(ひさし)で雨をしのげるので、よく窓下に隠れていた。間違いない。

屋根の上を蹴ると、嫌な音がして崩れていった。念のため中に誰か残っていないか、現実と未来を処理しながら進む。

あれだけ広く長く自分を閉じこめていた屋敷の北まで、あっという間だった。

窓を蹴り割って、書斎の中に入る。二階分の高さまである天井に、真っ黒な煙がたまっていた。魔力で風を起こし煙を吹き飛ばしたかったが、空気を吹きこむことになってしまう。濡れた外套で口元を隠し、身をかがめて周囲を見回す。

母親はちょうど、本棚の陰に隠れるようにして倒れていた。駆け寄って抱き起こす。こめかみのあたりに血がこびりついていた。

「お母様……！」

意識はないが、息はあるようだ。外套を脱いで、母親にかぶせようとしたシルヴィアは風をきる気配に、母親ごと床に身を伏せた。飛んできた短剣をよけて、つかむ。

「誰⁉」

入り口付近の人影が見えた。すぐさま炎の向こうに消えてしまったが、シルヴィアにはそれで十分だ。聖眼で追える。

（どこへ向かうの――森？　馬を隠して……）

魔力がたりないのか、未来がかすむ。それでも馬に乗った人物のフードが落ちる瞬間をとらえることができた。

リベア聖爵の執事――ヨアムだ。向かっているのは月の位置からして西の方角。リベア聖爵領とは逆だ。

（どうして）

そこで崩れ落ちる天井が目に入った。魔力がたりなくなって、聖眼が止まったのだ。すなわち、今、見ているものは現実である。

魔力はない。

脱いだ外套をかぶって母親に覆い被さるが、付け焼き刃だ。だが、天井は落ちてこなかった。逆に自分の体が浮く。

「お父様」

母親ごとシルヴィアを抱きかかえたルルカが、そのまま炎の壁を蹴り飛ばして外へと飛び出た。雨に濡れたベルニア聖爵邸の裏庭におろされる。外套についた小さな火は、水たまりにつかって消えた。

「魔力の配分を間違えたな。修行がもう一度必要か？」

「お父様、西の街道です！　馬で逃げてる男をつかまえてください、やっぱりリベア聖爵の執事です！」

叫んだシルヴィアにルルカが顔をしかめた。

「後回しだ。今、死にかけた自覚がないのか？　魔力のないお前をここには置いていけない。しかも、そんなお荷物がいては」

ルルカが冷たく見下ろしているのは、母親だ。シルヴィアは首を横に振った。

「大丈夫です、すぐ魔力は回復します。ほら、聖眼だってもう――」

瘴気は人間の負の感情に引きよせられる。この状況なら瘴気が発生するのは早い。

だから大丈夫だと聖眼を起動したシルヴィアは、視えたものに唇を噛んだ。

「どうした？」

「……点数が、またさがっています。……っつ」

ずきりと頭に痛みがきて、よろめいた。やはり魔力がまだ足りない。ルルカに肩を支えられる。

「まったく、お前は……」

「おい、お荷物姫をさがせ！　あいつ、俺らに復讐しにきたんだ！」

「放っておけば皆、殺されるぞ……！」

しげみの向こうから声が聞こえると同時に、またルルカの脇に抱えられた。

「ちょっ……お父様、私はいいので、執事さんを追いかけてください」

「ならこの荷物は置いていくことになるが」

ルルカがシルヴィアとは逆の腕で抱えた母親を見せる。

男の行方は気になる。だが、母親を置いていけば、助けた意味がなくなる。

「わかっているだろう。ここの連中の今の標的はお前だ」

「……で、でも、執事を逃がすわけには……」

「男の行方は下級妖魔にでも追わせよう。それとも領民たちを皆殺しにするか？　そのほうが早いかもしれないな。お父様はやぶさかではないぞ」

これ以上抵抗するとこの父親は本当にやりかねない。口をつぐむと、ルルカはすました顔で屋敷から離れた。

ベルニア聖爵邸は領都の奥にある。街への延焼の可能性も考えず放火されたのは、その立地のせいだろう。消火もされず放置されたようだが、昼まで降り注いだ雨のおかげで燃え広がることもなく、屋敷も半焼しただけで終わった。

だが昨夜の出来事は間違いなく、暴動の始まりだ。

現に、一晩明けて点数が細かく動き始めていた。

「西――デルフォイ聖爵家が、逃げてきたベルニア聖爵を保護したという話です。聖女プリメラも一緒だとか。西が用意した暴動鎮圧部隊と合流したようです」

買い出しついでに情報収集をしてきたスレヴィが、昼食代わりのパンを差し出しながら言う。

「領都では情報が錯綜してますね。食料の買い占めも始まりました。このパンも長時間並んでやっとですよ。西に逃げれば保護されるとかで、逃げ出す領民たちが増えてます。なんでも、北の領民をつれて姫様が復讐にやってくるとか」

　覚悟していたことが、そのまま現実になった。シルヴィアは苦笑いを浮かべる。

「そうなると思いました。……お母様が生きていることは？」

「気にしてる者はいませんね。領民たちの意識はすっかり姫様に向いておりますから。大人気ですね。姫様を標的にした場合も、ベルニアの暴動になるんでしょうか」

「なるだろう。俺の姫はベルニア聖爵家の人間には違いない」

　つまらなさそうにルルカが答える。

「確かに、聖爵家の人間に矛先が向けば暴動ですか。聖眼の判定は？」

「西の……デルフォイ陣営の聖女たちが加点されてます。ベルニア聖爵を助けた加点でしょう。暴動は起こってしまったけれど、初動に手を打てたという配点だと思います」

　聖眼で点数を確認したシルヴィアは、スレヴィが差し出したパンを受け取った。

「あんな領主、助けても役に立たないでしょうに。暴動が止まるとも思えませんよ」

「腐っても聖爵だ。土地の情報は持っているし、暴動が終わったあとの事後処理にも使える。何より鎮圧しやすくなるだろう。大義名分もできる。ベルニア聖爵が、デルフォイ聖爵家の力をかりて事態の収拾にあたる形になるからな」

ルルカの説明に、スレヴィが生ぬるい微笑を浮かべる。

「そもそもの元凶がそのベルニア聖爵であっても、ですか」

「そもそもこの暴動の元凶がベルニア聖爵ではない可能性もある。――スレヴィ、芋パンがない」

「なら自分で買ってくるか作れ」

冷たくスレヴィに切り捨てられたルルカが、不満げにパンにかぶりつく。そこへ手洗い桶を持って、マリアンヌが入ってきた。

「あら、お集まりですのね。ロゼさんとアークさんはまだお休みですの?」

「朝まで周辺に危険がないかふたりで見回ってくれましたから」

ロゼのおかげで、少なくとも直近で周辺に大きな騒動がないことがわかっている。シルヴィアたちがこうして動かずにいられるのも、そのおかげだ。

「そこにパンがありますので、ご自由に取ってください」

「看病で疲れている私への気遣いはないんですの」

「あの……どうですか、お母様は……」

おずおず尋ねたシルヴィアに、桶をテーブルの上に置いたマリアンヌは淡々と答えた。

「眠っておられますわ。火傷がありましたが、痕が残るようなものではありません。頭を強く打ったようでそこが心配ですが、命に別状はないでしょう」

「そう……ですか。すみません、まかせっぱなしで」

「もうすぐ雨がやみます。屋敷も移動できるようになるでしょう。今のうちに預け先を決めてはどうですか。親戚(しんせき)や、心当たりは？」

　てっきり面倒をみろと言われると思っていたシルヴィアは、びっくりしてマリアンヌを見返す。すまし顔のマリアンヌに、スレヴィも同意をみせた。

「つれていくわけにいきませんからね。なんなら西のどこかに置いてきては？　夫のベルニア聖爵がそこにいるんですから、情報を流せば迎えが――」

「ま、待ってください。その……たぶん、ですけど。私の減点は、母親を助けたことだと思うんです」

　減点、という言葉に過剰(かじょう)にマリアンヌが反応した。

「ど、どういうことですの。まさか看病している私も……!?」

「いえ、そこは大丈夫だと思います。既に減点済みということは、配点は終わっているということですから。おそらく初動の配点だったんじゃないかと……」

　ほっとマリアンヌが息を吐き出した。それを白けた目で見て、スレヴィが尋ねる。

「それはリベア聖爵と同じですか。助けることが間違いだった、という」

「お母様は私が助けなければ死んでいました。聖眼で視たので間違いないです。なのに助けてすぐ減点されましたから……助けてはいけなかった、ということだと思います」

「待ってくださいな。ベルニア聖爵を助けたほうは加点されてますのよ。その夫人を助けたほうは減点というのは、おかしいでしょう」

マリアンヌの言うことはもっともだ。夫婦は一心同体とは言わないが、立場から考えてもそんなに差が出るとは、普通、考えにくい。

だがシルヴィアにはひとつ、懸念があった。

「私、お母様を助けたとき、リベア聖爵の執事さんに襲われました」

あの短剣は、シルヴィアを狙っていた。

「お母様が自覚していたかどうかはさておき、リベア聖爵とつながりがあったのかもしれません。うちにきたリベア聖爵からの手紙を受け取ったのはお母様です。それに……お父様はずっと、誰かが裏で暴動を起こそうとしているのだと疑ってましたよね」

ルルカが視線を受けて、新聞から顔をあげる。

「なるほど。お前はリベア聖爵がそうだと言いたいわけか」

「確信はありませんが、まったく関係ないとは思えません」

時系列の合わない妙な手紙といい、火事の現場に執事がいたことといい、何か関与していることは間違いないはずだ。

頷いたシルヴィアに、マリアンヌが身を乗り出した。

「ではリベア聖爵を今、捕らえれば、私たちの点数は戻る可能性があるのでは⁉」

「わかりません。カルロス様の指示かどうかがまずわからないので……」

「ここまで期待させておいて！」

憤慨されても、わからないものはわからない。

「証拠がありません、何ひとつ。それに、たとえリベア聖爵家とお母様がつながっていたとしても、お母様に何ができたかと考えると……その命が減点対象になるほど重要だとはどうしても思えないんです」

視線が自然と、母親を休ませている客間のほうへと向いてしまう。

「逆に考えるべきでは？　夫人が助かった以上、必ず何か起こると」

ルルカの言葉に、シルヴィアは視線を戻した。

「いずれにせよ夫人が今後の鍵だ。今、追い出すのは得策ではないだろう」

「……このお屋敷に置いてもらっていいですか、お父様」

ここはルルカの屋敷だ。決定権はルルカにある。おそるおそる尋ねたシルヴィアに、ルルカはあっさり頷き返した。

「かまわない。可愛(かわい)い娘の頼みだ」

「……ありがとうございます、お父様。できるだけ迷惑をかけないようにします」

むっとしたルルカが口を開きかける。ぱんとマリアンヌが両手を叩いてそれを遮(さえぎ)った。

「わかりました。とにかく夫人が目をさましてからです。私は看病に戻りますわね」

シルヴィアは慌てて腰を浮かせた。

「交替します。マリアンヌ様、まだ朝食を食べてないでしょう」

「そう言うあなたも昨日からほとんど休んでいないでしょう。それに……」

「もし私と母親の関係を気にしてらっしゃるなら、大丈夫です。これでも一応、娘なわけですし」

すべて他人にまかせっぱなしというのも、居心地が悪い。マリアンヌはじっとシルヴィアを見たあとで、静かに確認した。

「あなたのせいではないというのは、わかっていますね。親の責任を子が負うなんて馬鹿馬鹿しい風習は撲滅(ぼくめつ)すべきです」

「同意します」

「ならよろしい。聖女ならば、弱った女性の命を助けるのは当然です」

そう、聖女としてだ。約束するように、シルヴィアは頷き返す。

「桶の水はあとで取りかえてお持ちしますから、そこで交替しましょう。それと、あなたも食べなさい」

そう言われて初めて、シルヴィアはずっとパンを持っているだけの自分に気がつく。

「……少し俺は出てくる」

新聞をたたみ立ち上がったルルカに、スレヴィが首をかしげる。

「これは珍しい。お戻りは？」

「大して時間はかからないだろう。俺がいない間はシルヴィアの指示に従え」

「お父様、どこへいくんですか。まだリベア聖爵の執事さんの行方(ゆくえ)だって――」

ばさり、と新聞を頭にかぶせられた。

「お父様にだって娘に知られたくないことくらいある。逢い引(あいび)きとか」

「――は!?」

「ではいってくる」

新聞を取ったときには、ルルカは笑い声と一緒に消えていた。

「あ、あい……っあい、びきって」

「姫様、落ち着いてください。新聞が」

新聞を握りしめて震えるシルヴィアに、スレヴィがそっと声をかける。だがシルヴィアは叫んだ。

「逢い引きって！　私、聞いてないです！　お父様にそんな女性がいるなんて！」

「いませんよ。姫様、新聞を」

「だったら逢い引きってなんですか⁉」

「ですから、新聞」

「さっきから新聞新聞ってなんですか！」

新聞をスレヴィに押しつけようとして、はっとした。魔力の気配がする。急いで開いてみると、文字が光っていた。魔力で印をつけられているのだ。

（……り、べ、あ、聖爵――執事、この、屋敷、ニ、侵入……不在、おび、き、出せ……え？　で、でも確か西に向かって――あ）

ルルカの屋敷はベルニアの領都から西にあることに、今、気づいた。

ということは執事は、この屋敷を目指して西へ向かったのか。そして今、侵入しようとしている。だが妖魔皇の屋敷だ、警戒しているだろう。

ルルカは執事を誘き出すために不在にすると言ったのだ。

（……つまり、逢い引きは、嘘）

スレヴィが新聞を取りあげ、それをマリアンヌに渡した。マリアンヌは少しまばたいたあと、呆れ顔をする。

「私ももう一度、外で情報収集をしてくるとしましょうか」

これで屋敷に残っているのは、部屋で休んでいるロゼとアーク、シルヴィアとマリアンヌの四人。狙いはなんであれ、好機とみられる可能性が高い。

スレヴィを見あげると、気の毒そうな眼差しを返された。

「心配なさらずとも、宵闇の君は姫様を弄ぶのに夢中ですよ」

真っ赤になったシルヴィアは、そのままふてくされてソファに突っ伏した。


昨夜の状況からして狙いはわかりやすい。

既に雨はあがっている。母親が眠る客間は開けっぱなしにしておいた。それでも不自然ではない季節だ。幸いにも母親の客間は一階。テラスもある。あとは情報収集や買い出しや休憩と称して、部屋をあけてみせるだけでいい。

テラスに侵入者の影が入りこんだのは、夕暮れ時だった。

床を踏んでも鳴らない足音は、侵入者が訓練された人間だと証明している。そろそろとベルニア夫人の眠る寝台まで近づいていく。

そしてそっとベルニア聖爵の額に手のひらをかざす。――魔力の気配。

「深夜まで待てないというのは、よほど急ぎなのでしょうか」

男の背中に短剣を突きつけ、シルヴィアは尋ねる。まったくシルヴィアに気づいていなかったらしい男は、びくんと背筋を正し、慌てて振り向いた。

夕日の濃い陰影で見えづらかったが、顔は判別できる。

「リベア聖爵邸でお会いしましたね。昨夜、ベルニア聖爵邸でも」

「……聖女シルヴィア」

「あのときの短剣です」

炎の中で投げつけられた短剣を投げつけ、シルヴィアは優雅に礼をした。

「妖魔皇の屋敷へようこそ。――それだけの覚悟はおありですね？」

ゆっくり微笑むと、リベア聖爵の執事は喉を鳴らした。

ここはルルカの領域だ。入ってしまえば、ルルカに把握されたも同然である。

「立ち話もなんです、どうぞ。ヨアムさん、でしたよね。おかけになってください。お茶も用意させます」

窓際にある応接テーブルを指し示すと、ヨアムはぎこちなく首を横に振った。シルヴィアはくすりと小さく笑う。

「心配なさらずとも、妖魔が次々襲い掛かる——なんてことにはなりませんよ。私がそんなことはさせません。もちろん、簡単には帰しませんが」

　開けっぱなしの窓から、矢が飛びこんできた。シルヴィアの意識をそらすためだけの矢はカーテンに引っかかって床に落ちたが、足元の短剣を拾った執事がシルヴィアに斬りかかってきた。

　シルヴィアは身をかがめ執事の両足を払い、腕を捻(ひね)りあげ床に押し伏せた。聖痕の浮かんだ瞳で窓の向こうを見据える。

「挨拶(あいさつ)もせず逃げようだなんてマナー違反です、リベア聖爵。あなたの席も用意してありますよ。妖魔に喰われたくなければ、ご着席を」

「……！」

　顔色を変えたヨアムが暴れるが、そんなもの簡単に押さえつけられる。この屋敷はルルカやスレヴィ、アークといった妖魔たちから自然と漏(も)れ出る瘴気で溢(あふ)れているのだ。ベルニア聖爵邸でのような失態は冒さない。

「それとも、臣下を置いて逃げますか？」

「——私のことはお捨ておきを、どうか……っ殿下！」

　もうひとつ、テラスから人影が入ってくるまで、そう時間はかからなかった。

「聖女シルヴィア。——いや、今は妖魔皇の姫君とお呼びすべきか？」

「カルロス、殿下……っ」

嘆くようなヨアムの体から、力が失われた。それを横目で見て、シルヴィアはカルロスに向き直る。

カーテンと一緒にゆれるマントは上等だが、少しくたびれている。弓を持つ手袋も、長い革靴もところどころ汚れが目立っていた。長旅でもしてきたような格好だ。

矢を放った人物を聖眼で視たときからわかっていたとはいえ、本当にリベア聖爵本人が現れたことに、シルヴィアは警戒して顎を引く。

「このような格好での訪問をお許しいただきたい」

堂々とした声には、シルヴィアに対する敬意がこめられていた。だが、その弓矢の先はまっすぐシルヴィアに向けられている。

「無駄ですよ」

「わかっている。聖眼で未来を読み、しかも妖魔皇の娘として君臨するあなたに、私ごときが勝てるわけがない。羽虫のような抵抗だろう」

「ではなぜ？」

「無理でもなさねばならぬからだ。——妖魔皇の姫君よ。我らを憐れんで、見逃してはくれないか。我が故郷を救うため、我らの名誉を取り戻すため、どうかあなたの母君の身柄を譲(ゆず)り受けたい」

思わぬ申し出に、まばたいた。だが、カルロスの目も口調も本気だ。

足元に転がる短剣を見る。昨夜、シルヴィアと母親を狙ったと思ったのだが、あれはまさかシルヴィアから母親を守ろうとしたのか。

「……なぜ、お母様なのです。お母様は聖女ですらありませんよ」

「だが、聖女ベルニアの末裔(まつえい)。口伝(くでん)をご存じのはずだ」

眉(まゆ)をひそめたシルヴィアに、カルロスは苦笑いを浮かべた。

「その様子、あなたはご存じないようだ。聖女プリメラはもう知っているのかもしれないが……聖女直系の娘から娘に密かに伝えられるものらしいのでね」

「……娘から娘にならば、あなたはなぜそれを知ってるんですか」

「聖女リベアの直系はもう私しかいない」

カルロスの口調が硬くなる。

「例外的措置(そち)だろう。母が死の間際に、私に聖女リベアの口伝を伝えた。内容は宝剣の扱いに関して。そして救いを求める末裔にこう語りかける」

カルロスは弓を引いたまま、まっすぐシルヴィアを見据えている。

「『聖女ベルニアが隠したものを刺し貫け』――私は、それがあれば宝剣が本来の力を取り戻すのだと解釈した」

両目を見開いたシルヴィアの真横をかすめて矢が飛ぶ。同時に、ヨアムが寝台に飛びつくようにしてシーツごと母親を抱えた。

「お母様！」

「決して乱暴はしないとお約束する！」

背後のカルロスの切迫した声に、動きを止めてしまった。

「ベルニア夫人として丁重に扱おう。使い捨てるような真似はしない。我々はベルニア聖爵とも、その領民たちとも違う。ただ、宝剣を取り戻し家を再興したいだけだ！」

寝台を挟んだヨアムと目が合った。その顔には苦渋の色が浮かんでいる。

「どうか、どうか！　我らを救うために……ッ我らにはもう、宝剣の復活しか希望がないのです！」

「……っ」

判断を迷った一瞬、衝撃が屋敷に走った。ぐらりと体がかしいだ横を、母親を抱いたヨアムがすり抜けてしまう。

「カルロス殿下、ベルニアの領民たちがこちらへきます！」

テラスの向こうから、人影がいくつか現れた。リベア聖爵領の領民だろう。

「早く撤退を。ここはすぐ、戦場になります」

「予定どおりだな。——すまない、シルヴィア姫」

「やはりベルニアの暴動は、あなたが煽っているんですか⁉」

「このまま、大聖女サマラのいいように滅びるのだけは御免だ。俺を信じて領地に残ってくれた民のためにも、俺は俺の望む未来をつかまなければならない」

その瞳の切実さに、シルヴィアは声を失った。シルヴィアを見て、カルロスはふと表情をゆるめる。

「優しい御方だ。——あなたが、俺を皇帝候補にしてくれればよかったのだが」

一歩出遅れたその間に、カルロスたちは姿を消していた。ぎゅうっとシルヴィアは手を握る。

「なぜ追わない、俺の姫」

夕日の当たらない奥の影からぬるりと這い出るように、ルルカの声が響く。外に出てずっと動向を見守っていたのだろう。

「見たところ、いるのは十数名。今のお前ならたやすくねじ伏せられるはずだ。同情で見逃したならば、それはうぬぼれというものだ。お説教が必要だな。命を懸けて刃向かってくる者をみすみす見逃すほど、お前はまだ強くはない」

ルルカの不満は当然だろう。散々、執事の行方を追えと頼んでいた手前、反論はできない。だから素直に感じたことを口にした。

「……お母様にはそのほうがいいのかもしれない、と思ってしまって」

ベルニア聖爵とは違うという声には、カルロスの矜持があった。

「私にあんな覚悟はないので、判断に迷いました。要は、怖じ気づいたんです」

「……。なるほど、手負いの獣相手は初めてだったか。それならばしかたない」

納得したように、奥の影からルルカが姿を現した。

「反省してます。ですが、逃がすつもりはありません。ただ今は、この屋敷のほうが先です。いったい何が起こってるんですか?」

「領都で瘴気が発生したらしい。それでパニックになった領民たちが、こちらに向かってきたようだ。聖女たちもいるようだな。神聖魔法で攻撃されている」

ゆれがもう一度きた。神聖魔法による攻撃だろう。だが屋敷はゆれるだけで、大したことはない。以前、プリメラに攻められたときは威力がまったく違う。

何よりロゼは危険を感知していない。それは危険にも値しない、ということだ。

「……この屋敷は目立ちすぎますし、相手にしていたらキリがありません。屋敷はいったん魔界に戻して、それぞればらばらに逃げましょう。ロゼとマリアンヌさんにはそう伝えてください」

「お前は？　その口ぶりだと残る気か」

「どうせ、暴動の原因だと疑われているんでしょう、私が」

ベルニア聖爵家が荒れた原因に、間違いなくシルヴィアも関わっている。まったくの的外れでもない。

そうでなくても、シルヴィアをここで追い落としておきたい聖女はいくらでもいる。

「プリメラか、ベルニア聖爵がいるかもしれません。話を聞きたいので、ちょうどいいです」

「お父様が追い払ってやってもいいのだが」

「私のお客様ですよ、お父様。私がお出迎えするのが筋でしょう。大丈夫、妖魔皇の娘として、恥ずかしくない振る舞いをします」

薄く微笑んだシルヴィアに、ルルカは目を丸くしたあと、優しく微笑み返す。

「それでこそ俺の娘だ。いってきなさい。お父様は見守っていよう」

「はい」

テラスから出て、屋敷の屋根を伝い、尖塔の上に靴先で降り立つ。

る者もいる。

聖眼を起動する間でもなく、相手は丸見えだった。ご立派なことに、軍旗まで掲げてい
何もない手に、大鎌を召喚した。死神を想起させるこの武器は、わりあい気に入ってい
る。聖女失格、妖魔皇の娘、そう呼ばれる自分に似合っている気がする。

「おい、シルヴィア・ベルニアだ……！」

「屋敷に火をつけろ、燃やせ！」

「瘴気が出たのはあいつのせいだ！」

「皆様、ようこそおいでくださいました」

罵声に微笑んで、優雅に一礼する。興奮してわめいている男たちが、水を浴びせられた
ようにそれで黙った。どうせ勢いだけで動いた有象無象の集団だ。うしろに控えている聖
女たちの弾よけに使われるとも気づいていない、憐れな子羊たちである。

「ですがこんなに大勢の、しかも野蛮なお客様を呼んだ覚えはありません」

大鎌をかまえて、聖眼を起動する。聖眼が視せたとおり、横から神聖魔法がきた。

それを大鎌の一閃で振り払う。

（聖女は、いち、にい――四人？）

たったそれだけで妖魔皇の屋敷を落とせると思ったのか。舐められたものだ。

しかも暴動の原因はシルヴィアではないのに。
(でも彼女たちを排除すればおそらく、私の点数はさがる)
だからどうした。もう普通のやり方では浮上できないところまできている。
これを挽回(ばんかい)してこそ聖女だ。妖魔皇の姫だ。
高揚(こうよう)で笑い出しそうだ。だがあくまでたおやかに、シルヴィアは告げた。
「皆様、お引き取りを」
そして屋敷が消えた瞬間、うしろに控えている聖女たち目がけて突っ込んでいった。

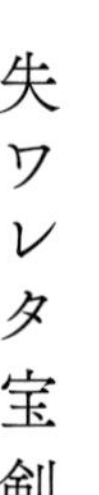

失ワレタ宝剣

「俺の姫は怒らせると存外、怖いな」

森の中、夕闇に紛れて馬を二頭確保したところで、ルルカはわざとらしく嘆息した。

「しかもあんなに強く美しくなっては、嫁のもらい手がなくなってしまう。困った。育て方を特に間違った覚えはないのだが……」

「何を寝ぼけたことを。姫様はあなたのお好みどおりにお育ちですよ」

「滅多なことを言うな。俺は娘を育てているのであって、好みの女性を育てているのではない」

ルルカの批難を無視して、スレヴィは自分の聖女に向き直った。

「お手伝いしましょうか?」

「結構ですわ。ひとりで、馬に、乗る、くらい……っ」

魔界から妖魔馬さんにお越しいただくと、おそらくいらぬ被害が拡大する。何が配点に影響するかわからないため、確保したのは普通の馬だ。しかし乗馬経験のないマリアンヌは、乗ろうとしては上半身を引っかけるだけになっている。それを背後で見ているスレヴィは性格が悪い。きちんと手伝っているのはアークだ。

「ロゼ、そこに足をかけて。……それでルルカ様、スレヴィ様。今後はどのように動けばいいいですか」

「ばらばらに逃げろ、と俺の姫は仰せだ。各自、適当にすればいい。俺は娘と共にリベア聖爵を追うことになるだろうな」

「では、私はリベア聖爵領に向かいま──わ、わわっ」

馬に首を振られ、マリアンヌが尻から地面に落ちた。スレヴィは助けもせず横でにやにや笑っている。それをぎっとねめつけてから、楚々とマリアンヌは立ち上がり、胸を張った。

「宝剣のこともあります。リベア聖爵がこちらに持ち出している可能性もありますが、初心に返って領地をもう一度確認して参りますわ。ついでに瘴気を浄化しましょう。……思えば、リベアの瘴気を放置しておくべきではなかったのです」

「減点されたと大慌てでリベア聖爵領から飛び出したのは誰でしたか」

「お黙りなさい！　この騒動が元々リベアが発端なら、まずリベアを救うべきです」

「あなたの大事な点数がさがるかもしれませんよ？」

茶々を入れるスレヴィはいつも以上に楽しそうだ。それは、美しい答えをマリアンヌが返してくると期待しているからだろう。妖魔は美しいものが好きだ。

「そもそも世界を救うために、リベアを見捨てろというのが間違っているのです！」

実際、背筋を伸ばし説く彼女はルルカから見ても強く美しい。

「聖女の基本はすべてを救うことです。たとえ、世界に不要な者であってもです。そんな基本もなせずに、何が聖女ですか。皇帝選の裏をかく未来を切り開いてこそ、真の聖女といえる……………つまり私が一位に！」

ただし結論はいつも同じである。

「結局はそこですか、まったく」

「なんですか、異論があるならついてこなくて結構――」

ひょいとマリアンヌを抱き上げたスレヴィが、馬に座らせる。そして軽々と自分も鞍にまたがった。

「瘴気がそこら中に漂い、儚い希望にすがって必死になっている人間相手に、あなたがどこまでやれるか楽しみです。おつきあいしましょう。私の職場である屋敷が魔界に戻ってしまいましたしね」

「なぜ素直に私を守ると言えないのですか」

「守るなんて無粋な真似はしません。ただ眺めましょう、あなたの心がいつ折れるか」

「このっ……！」

「な、ならロゼは、ベルニアの領都を、守ります」

アークと一緒に馬に乗ったロゼの発言に、マリアンヌとスレヴィの応酬が止まった。

「ベルニア聖爵領だって、リベアと同じです。暴動が起きるのは、みんな怖いんだと思うんです。だから、ロゼはみんなを危険のないところに逃がします。それに……おねえさまだって、故郷がこんなふうになるの、嫌なはずなんです。でも、おねえさまに助けろって言うのはあんまりだから、だから……」

「手伝うよ」

アークの優しい言葉に勇気を得たように、ロゼが強く頷き返す。

「これでそれぞれの方針は決まりですね。我が宵闇の君、よろしいですか？」

「ああ。俺はしばらく可愛い娘と二人旅を楽しむことにする」

「シルヴィアさんに不埒な真似をしたら私が許しませんよ」

どういう意味だ。だが問い返す前に、噴き出したスレヴィによってマリアンヌを乗せた馬は走り出してしまう。

「娘と父に不埒も何もあるか。そう思わないか」

「あ、あの、ロゼは、おねえさまがいいならいいと思います！」

ほしい同意とは微妙に違う回答だ。

「では俺たちもここで失礼しますね」

しかもルルカに視線を向けられる前に、笑顔のアークが馬の腹を蹴った。危機を察知する聖女と誓約しているからなのか、あの少年は危機回避能力に長けている。

ルルカは地面を蹴った。釈然としないものがあるが、そろそろ決着が付いている頃だろう。娘は成長著しいが、まだ子どもだ。

ついてやらねばならない。


浄化、治癒、結界、補助、神聖魔法——聖女はこのどれかを得意とする者が多い。最初の四人の聖女も得意な魔法があったという。たとえば聖女ベルニアは神聖魔法、聖女デルフォイは浄化魔法、聖女リベアは補助魔法、聖女エリュントスは治癒魔法をそれぞれ得意としたという。聖女たちはすべて彼女らの末裔であるから、聖女本人の能力から血筋がわかりやすい。

一瞬で周囲の瘴気を浄化した聖女はおそらくデルフォイ聖爵家縁の聖女だ。シルヴィアに斬られたかすり傷をすぐさま治してみせる聖女は、エリュントス聖爵家縁だろうか。そして神聖魔法を撃ってくる聖女は、ベルニア聖爵家縁だ。

それぞれの能力を組み合わせてシルヴィアに対抗する作戦は正しい。プリメラのようにすべてを卓越した聖女ではない限り、それが最善だ。

ただしシルヴィアも、すべてを無視して魔力でなぎ払う聖女である。

お粗末な結界を叩き割り、魔力が尽きる前に的確に聖女たちを気絶させた。シルヴィアの前に一瞬で叩き伏せられた聖女たちの中に、プリメラの姿はない。

地面に着地して聖眼を起動しようとしたそのとき、背後から銃声がした。

考えるより先に地面を蹴って宙返りしたシルヴィアは、銃をかまえた男の姿に目を細める。ベルニア聖爵――父親だ。

着地した瞬間に斬りかかってきた伏兵はすべて大鎌で振り払い、二発目の銃弾をこめようともたついている父親の背後をとる。そしてその首元に鎌の刃先を光らせた。

父親は一瞬息を呑んだが、すぐさまわめきだした。

「お、おま、お前……っ実の父親を、殺す気か!?　そんなにも私を、ベルニア聖爵家を貶めたいか！」

「プリメラはどこです?」

短い問いに、父親は鼻先で笑い返す。

「お前に答えてやる義理はない。あの子ならば、必ずや暴動を止めるはずだ」

「ひょっとして、北ですか?」

「なぜそれを」

答えてしまってから父親は口を閉ざしたが、もう遅い。

プリメラの聖眼はプリメラを皇帝選で勝たせるため、最適解の未来を示す。そして北は不穏な噂があれだけあったのに、何もなかった場所だ。今思えば、人を追い出すのが目的だったのではないか。リベア聖爵たちが潜伏するためだとしたら、辻褄は合う。

「質問がふたつあります。ひとつめ。お父様は、聖女ベルニアの口伝について何かご存じですか」

「……なんだと、口伝?」

刃先を近づけても、父親は息を詰めるだけで、困惑しているようだった。何も知らないのだろう。娘から娘へというカルロスの説明は、偽りではないようだ。

(お母様は聖女ベルニアの末裔であることに誇りを持っていたから)

そう——娘のシルヴィアが聖女になれないとわかって、憎むくらいだ。娘から娘へ伝えるものとされているならば、口を滑らせたりしないだろう。それがたとえ愛する夫であったとしても。

「では、ふたつめ。お母様を、今後どうなさるおつもりですか」

「生きているのか……!?　そんなはずはないだろう！」

うろたえた声に、嫌な予感がした。聞かないほうがいいとわかっているのに、確かめてしまう。

「……まさか、見捨てたんですか。屋敷が放火されるとわかっていて？」

「大聖女から、あれは捨て置けと言われていた！　プリメラからもそのほうがいいと言われて……っ」

「だからって、あなたの妻でしょう！」

「世界を救うためだ！」

奥歯を噛(か)みしめた。大鎌を握る手に力がこもる。

世界を救うため。滅びを回避するため。そのためになら、何をしてもいい。娘を虐(しいた)げても、妻を見殺しにしても、困窮(こんきゅう)した隣人を見捨てても、暴動を放置しても、それで大勢が救われるのだから。

たった百年程度の、世界の寿命(じゅみょう)のために。

腹の底にためていた怒りが、ふつふつと噴き出る。

「……あなたたちは、いつも、そうやって……！」

魔力のない聖爵令嬢など、無価値だ。理屈は理解できたから、シルヴィアはその仕打ちに怒ることをやめた。でもそれは間違いだった。理解してはいけなかったのだ。怒ることをやめてもいけなかった。

だからこんな人間の理屈が、いつまでも変わらずまかり通ってしまう。

「私には聖爵としての責務がある！　好き勝手に振る舞うお前とは違う、だから聖女失格などと呼ばれるのだ！　わかったなら、この物騒な武器をおろせ。お前のことはよくわかっている。親に刃向かうことしかできない、大義のない子どもだ。駄々と変わらん」

「黙れ」

シルヴィアの剣呑な気配を感じ取ったのか、父親が喉を鳴らした。こちらをうかがうような脅えが伝わる。だが、口は止まらないらしい。

「な、なんだ。私を殺せば、減点されるぞ、いいのか！」

今、ここで少し力をこめれば、この不愉快な生き物は世界から姿を消す。酩酊に似た感情が唇をゆがませた。

復讐心か、正義感か、それともただの優越感か。なんでもいい気がした。

ただただ、手にかけた深淵は、愉悦に満ちている。

「俺の姫」

優しい雨音のように、空から声が振ってきた。大鎌を持つ手が、大人の男性の手に包まれる。

「怒るお前も美しいが、呑まれてはいけない」

「……お、父様……」

まばたきの合間に、ルルカが薄い唇をほころばせて微笑む。星空のような瞳に、もう夜が近いことを思い出した。

「お前が手を汚すにはふさわしくない小物だ。弱い者いじめはよくないぞ」

それは美しくない。

自然とそんな思考に流れたことで、詰めていた息が、ふっと吐き出せた。

今すべきは、怒ることではない。カルロスを追い、何をしようとしてるのか突き止めることだ。

そしてプリメラより先に、誰も思いよらない方法でこの暴動を止めるのだ。

「お父様、馬は」

「他に譲った。抱っこしてやろうか？」

「結構です」

差し出された両手から顔を背けると、大鎌を消し、二歩、離れた。

父親はおそるおそる、背中越しにシルヴィアに視線をよこす。

「早くこの場から離れたほうがいいですよ。領民はあなたを許したわけではない、ベルニア聖爵。見つかればただではすまないでしょう。標的のあなたが死んだら暴動が終わると考える聖女が潜んでいてもおかしくない」

顔を青ざめさせた父親に、シルヴィアは顎をしゃくった。

「あちらに馬があるはずです。見逃してあげますから、どうぞ」

「……み、見逃すだと。えらそうに――」

「ベルニア聖爵のあなたには、まだ使い道があるかもしれないので。何より私は、あなたがこのまま自分が正しいと信じて死ぬのは許せない」

魔力がないと言われ、何もかも奪われ、両親に、世界に怒っている小さな自分が、まだ自分の中にいる。それを鮮明に自覚して、シルヴィアは父親を見据える。

「己がしたことの報いを受けてもらいます。いつか、必ず、私の望む世界で」

「お、お前の、世界、だと」

「そうです。私はそれが、ほしい」

口にして初めて、自覚した。そうだ。強く、自由でありたい。自分は、幼かった自分が救われる、そんな世界がほしい。

「うせろ」

背後からルルカの声が割って入った。唐突に増した圧を背中で感じ、シルヴィアの頬がこわばる。それは圧倒的な強者を前にした生物の本能めいた恐怖だ。

「娘に免じて俺が黙っているうちにだ。それとも妖魔の餌になりたいか？」

まして正面から相対する父親が、この威圧感に耐えられるはずがない。先ほどまでの勢いなど忘れたように、震えた足でよろけたとおもったら、真っ青な顔で慌てて逃げ出してしまった。

ルルカが一歩踏み出して、シルヴィアの横に並ぶ。

「他愛ない」

「……弱い者いじめはよくないですよ」

「あれは躾だ」

平然と言い放つルルカのまとう雰囲気はいつもどおりだ。ひそかにシルヴィアも安堵の息をつく。だが、なんだか悔しい。

「お父様相手だとあんなにすぐに折れるのに……まだまだですね、私は」

「大丈夫だ、見込みはある。お父様は最近、お前が怒ると少し怖い」

「どこがですか、いつも私がどんなに怒っても平然としているくせに」

ルルカが怖がる姿なんて、想像もできない。そんな姿を拝める日がきたら、それこそ世界が滅びるときだ。

「本当だぞ。今も少しどきどきしている」

「はいはい、わかりました」

「なぜお父様の言うことを信じてくれないんだ。思春期か」

「……お父様。私、やっぱり国がほしいです」

ルルカが嘆くふりをやめた。その綺麗な目を見返して、シルヴィアはもう一度口にする。

「今のままのこの国じゃない。もっと、いい国です」

「それは……結構、子どもには難しい話だな」

「できないと思いますか。そんな国はどこにもないでしょうか」

いいや、とルルカは首を横に振った。

「俺の娘ならできる。何せ、最強の聖女だ。ないなら、作ればいいだけのこと」

——やはりまだ自分は子どもなのかもしれない。こういう父親の承認をほしがってしまうあたりが。

「そのためにも、リベア聖爵を追います」

ここから最短で北に向かう道はなく、立ちはだかるのは森ばかりだ。追跡に馬は不向きである。かといって街道を使うと大きく迂回（うかい）することになって結局時間がかかる。

となると、走るしかない。ルルカにかつがれるより先に、地面を蹴（け）ってシルヴィアは木から木へと飛び移った。

*

カルロス・リベアは生まれてこの方、戦うものといえば瘴気だった。土地が瘴気に冒されれば農作物は育たなくなる。家畜も育てられず、川の水が汚れれば魚も捕れない。空に瘴気がたまれば鳥が飛ばず、風も吹かない。すべてが悪循環を起こしてしまうのだ。それを絶ちきり、少しでも普通に生活できる領土を増やすため、様々なことをしてきた。

これもその一環だ、というのは言い訳だろうか。

待ち構えていた領民が、ベルニア夫人をつれたカルロスを屋敷に迎え入れてくれる。ここはベルニア聖爵領北西部の山間（やまあい）にある、小さな山村だ。だがその村人は、リベアの領民と入れ替わっている。

もともとは隣領のベルニアに出稼ぎにきていた者たちが多いが、ここ数年は意図的に領民を送りこんでいた。瘴気だ山賊だと不安を煽れば元の領民が逃げ出したため、今ではリベアの領民しかいない。

それでもこの村にはまだ十分な食料の蓄えがあった。これを置いて平気で逃げられるのだ。どれだけベルニア聖爵領が豊かだったかがわかる。ここで得た物資はリベアで待っている者たちに流すことにした。元の村人たちが戻ってきた頃には、何も残っていないだろう。

最初から瘴気もなく、山賊もいない。だが、カルロスのやっていることは山賊とそう変わらない。

「生きていくためだ、しかたない……というのは、言い訳か」

苦笑いが浮かぶ。リベアに瘴気が多いのは、聖女がおらず、助けも得られないからばかりではないのかもしれない。

由緒正しき聖女リベアの末裔たる自分が、こんな有り様なのだから。

(それでも、このまま滅びるよりはましだ)

リベアはもう、もたない。自分の代で終わるか否かの瀬戸際だ。唯一の希望は、宝剣だけ。何が起きるのかも具体的にわかっていない、賭けだ。

だが希望がなければ、人は生きていけない。

「ベルニア夫人は、どちらにお運びしましょうか」

執事のヨアムが顔を出した。

「隣の部屋に運んでくれ」

あまり広くはないが、隣に客間がある。火を灯した燭台を手にして、カルロスは先に客間へと入った。続いてヨアムが、ベルニア夫人を丁寧に寝台に横たわらせた。

「怪我をしているようですが手当てされております。命に別状はありません。移動中に目をさまさないよう眠り粉を吸わせたので、そちらがまだ効いています」

「ならちょうどいい。早速始めよう」

気を利かせたヨアムが寝台近くに木の椅子を置く。それに座り、カルロスは深呼吸した。

唯一、カルロスに強みがあるとすれば、高い魔力があることだ。

一般的に女性のほうが魔力が高い傾向がある。だが、リベア聖爵家では男性も高確率で高い魔力を持って生まれる。リベア聖爵家が、聖女リベアと初代皇帝オーエンの子孫だからだと言われている。宝剣と一緒に初代皇帝から与えられた贈り物、というわけだ。

そしてカルロスは聖女がいないリベア聖爵家で、その才能を持って生まれた。皮肉なものだ。そう――聖女がいないリベア聖爵家が細々とやってこられたのは、男性女性問わず魔力を持つ者が多く生まれる土地からだ。瘴気に強い体も、魔力によるものだろう。だが、カルロスが得意とするのは浄化ではない。治癒でもない。

聖女リベアが得意とした補助魔法だ。

「さあ、ベルニア夫人――使命を果たしましょう」

額に手をかざし、子守歌のような声音で語りかける。ベルニア夫人の眉根がよった。

「あなたは、聖女ベルニアの末裔ですね」

「……あ……」

吐息と一緒にかすかな声がこぼれたが、目は閉じたまま、ベルニア夫人が小さく頷き返す。末裔と呼びかけるのは、聖女ベルニアの情報を喚起しやすくするためだ。

「あなたには、娘がいる」

またベルニア夫人が頷いた。

「娘に伝えねばならないことがありますね。覚えていますか?」

「……う……」

「忘れましたか。聖女ベルニアの口伝を」

核心に迫ると、ぶるぶると首を横に振られた。冷や汗が浮かんでいる。うなされているのか、苦悶の表情だ。無意識下で口伝を暴かれることに抵抗しているのかもしれない。

（丁重に扱う、と言っておいてこのざまか）

自分に呆(あき)れながら、それでも語りかける。より一層、深く声が届くよう、声色を少女のものに変えて。

「教えてください。私はあなたの娘ですよ」

「……許し……ヴィア……プリメ……」

娘に許しを請う、脅(おび)えた声。この夫人についてはヨアムが近況を調べている。崩壊した家庭と現実に耐えられず、夢の世界に足を突っこみかけているが、やはり心の奥底では覚えているのだろう。

「何も心配いりません、安心してください。私はもう立派な聖女です」

警戒をとかせるために望む言葉を紡(つむ)ぐ。この夫人が描いていた、口伝を伝える理想の場面を演出するのだ。

「口伝ってなんですか？　――お母様」

ベルニア夫人の唇が、小さく動いた。吐息のようなか細い答えに、耳を近づける。

――ベルニアの末裔よ。

聖女リベアの口伝と同じ始まりに、瞠目(どうもく)した。

口をふさぎ、考えこむ。明確な答えが返ってきたわけではない。だがベルニアが隠した問題はどうやってそれを手に入れるかだ。そもそもそれは今、本人に戻ったのではなかったか。一年前、ニカノルで。

しかも刺し貫けとは。

ものというのは、予想がついた。

「……は……聖女はどこまでも、無茶をおっしゃる」

だが宝剣がただの鉄くずではない、というならその程度の対価は当然かもしれない。

「カルロス殿下、何が必要かおわかりになられましたか」

じっと部屋の隅でこちらの様子をうかがっていたヨアムに、頷き返した。

「簡単なものではないが、わかった。宝剣は持ってきているな?」

「もちろんです。お持ちしましょうか」

「そうだな、あまり剣は得意ではないのだが、今からは常に身につけておこう」

いつ機会が訪れるかわからない。

「ベルニア夫人は聖女シルヴィアの囮(おとり)に使える。よい隠し場所を考えなければな。ただし、丁重に扱え」

「囮、ですか……聖女シルヴィアをおびき寄せるのですね」

「そうだ。正確にはその皇帝候補にきてもらう」

「カルロス殿下、騎士団らしき手勢がこちらに向かっております！」

指示を出し切る前に、領民が飛びこんできた。

「鎮圧部隊か？　それなら、村人のふりをしてやりすごして時間を稼げ」

「い、いいえ。それが、聖女プリメラと皇帝候補ジャスワント率いる一団ではないかとの報告が……」

皇帝選の課題についてはカルロスも聞き及んでいる。ひょっとして、ベルニア聖爵領をひっかき回しているのはリベアだと気づいて——いや、未来を視てきたのか。

どうやらリベアは本格的にこの国の敵に回ってしまったらしい。

宝剣の件だけでも身に余る難題なのに、聖女プリメラを歓待しなくてはならないとは無茶振りにもほどがある。だがカルロスは膝をつかんで、立ち上がった。

不可能に近くても、やりきらねばならない責任がある。

ヨアムが宝剣を持ってきた。鞘もない抜き身の鉄の剣は、リベアの、カルロスの未来を暗示するように瘴気にまみれている。

プリメラは馬車移動が好きではない。長距離だと尻は痛くなるし、どんなに豪奢でも狭いし、少しも楽しくない。夜の山道となればなおさらだ。

だが今は機嫌良く、同乗者――ジャスワントとカードゲームに興じる余裕がある。

「本当に聖女ベルニアの口伝なんてあるのかな……」

「大聖女サマが言うからにはそうなんじゃないのー？」

ジャスワントの手札から引いたカードと数字が同じ手元のカードを引き抜き、かたわらに捨てる。あと二枚。道化師のカードと、数字のカードだ。ジャスワントの手元にも、もう一枚しかない。

「そうかあ……聖女ベルニアの口伝……なんて素敵な響きなんだろう。僕に言葉を残してくださるなんて……」

「いやお前に残してるわけじゃないから。っていうか引いてよ、次」

聖女ベルニアに心酔して妖魔皇の心臓の封印まで解いたジャスワントは、この手の話になるとまったくあてにならない。今もカードを引かず、うっとりしている。

「どんな内容なんだろう？　僕ならどんなことでも必ず叶えるのに」

「願い事でもないから」

「君はひょっとして聞いてるのかい？　どんな？」

「知らなーい興味もなーい」

　プリメラの回答に、あからさまにジャスワントはがっかりした。が、すぐに気を取り直す。

「でも、ベルニア夫人はご存じだよね。なら大丈夫、僕が聞き出してみせるよ」

「何？　またえげつない魔術でもかけんの？」

　妖魔皇の心臓の封印を打ち破ったジャスワントの実力は本物だ。魔力量そのものはプリメラと比較すればないに等しいのに、あやしげな呪文やら魔法陣やらを駆使して思いもよらないことをする。

　だからプリメラはいまだにジャスワントを皇帝候補に選んでいるのだ。大抵は思いどおりになる世の中、思いどおりにならないことも、たまには悪くない。

「乱暴なことは反対だよ。まずは話をしよう」

「あの状態で話、通じるわけないじゃーん。ちゃっちゃとやっちゃってよ。僕はお姉様の相手をしなきゃいけないんだからさあ。下手すりゃあの妖魔皇もだよ」

「でも……そうなるともう二度と、ベルニア夫人とはお話しできないかもしれないよ」

　やはりえげつない魔術ではないか。善人ぶって、困った顔を作るジャスワントに、プリメラは笑う。

「別にお話しすることもないよ。ボクにはお姉様しかいらない」

「だからってどうかと……ひどいことになってしまうのに」

「うっとうしいなあ、その偽善者ぶり。いいの？　聖女ベルニアの口伝が途絶えて。あるいはリベアに奪われて」

ジャスワントの顔から表情が消えた。

「そんなことは許されない」

「だよねー。わかったならほらさっさと引く」

ジャスワントが黙ってプリメラの手元から、数字のカードを引いた。プリメラの手元に残ったのは道化師のカード。ジャスワントの勝ちだ。

だが、何かうつろな目でぶつぶつ算段しているジャスワントは気づいていない。

「……とすると術式は……聖女ベルニアの口伝……いったい何が……」

「張り切るのはいいけど、勝手な行動したら殺すよ。ボクとお姉様の勝負なんだから」

「でも……サマラ様にはシルヴィアと戦わないよう言われているよね？　リベア聖爵をつかまえるのが先だって。宝剣のことも、あとベルニア夫人もひとまず確保してくれって頼まれてるし……」

「知るもんか」

聖女ベルニアの口伝も大聖女サマラの思惑も、母親の命すらプリメラには関係ない。

「プリメラ様、ご指定の場所に到達しました。先遣隊が村の位置も確認しております」

停まった馬車の扉をあけ、兵が報告しにきた。つれてきたのは、ジャスワントが作った魔法兵団だ。ジャスワントは妖魔皇の心臓の封印を解いて以降、こういった集団に好かれるようになった。

「じゃあ村に火でもつけて。そうすればリベア聖爵が出てくるから」

「いいのですか、ベルニア領民が残っている可能性もありますが」

「尊い犠牲じゃない？」

適当に言い捨てて馬車を出ると、珍しくジャスワントもついてきた。

「ひ、火をつけるのは僕が指揮するよ。リベア聖爵をつかまえて、ベルニア夫人から口伝を聞くんだ」

「あっそ、じゃあ任せた。でも火は絶対。ボクは燃える村でお姉様と戦うんだから。他も手出しは無用だよ」

聖眼を起動して、姉と出会うべきその場所を確認する。プリメラの聖眼は、プリメラが勝ち抜くためのいくつもの道筋を指し示す。その中にはもちろん、この一件に関わらない道もある。

「世界に必要なのは、ボクとお姉様だけなんだよ」

だがいつもプリメラは、姉と出会える道しか選ばない。

こっちだとルルカが突然、方向転換した。

「山間に小さな村がある。リベアの執事とやらがちらっと見えた」

木を足場にしながらルルカの背を追いかけるが、指し示された場所を、目を凝らして観察しても、夜に包まれた景色が見えるだけだ。村すら判別できない。

だが、妖魔は夜目がきくし、身体能力からして人間と違う。ルルカには見えているのだろう。シルヴィアにできるのは、念のためそちらの方角に起こるこの先を聖眼で確認することだけだ。

「聖眼は使うな、魔力は温存しておけ。村の周りを怪しげな魔術師たちが囲んでいる」

「魔術師？　集団ですか。珍しい、どこの……」

ジャスワントの魔法兵団だ。途中で気づいたシルヴィアの腕が、突然ルルカにつかまれた。と思ったら、脇に抱えられる。

「ちょっ、お父様！」

「状況がはっきりするまでお父様のそばにいなさい。あとこっちのほうが速い」

文句を言おうとしたら、ぐんとルルカの移動速度があがった。慌ててシルヴィアは口を閉ざす。喋ったら舌を噛みそうだ。

不本意だがここはおとなしく従うことにする。

ジャスワントがいるということは、プリメラがこの先にいる可能性が高い。

つまり、自分のとるべき行動は――ルルカの足が止まったところで、ゆっくり目を見開いた。そこは崖上の高台だった。少し離れた眼下には、ルルカの言ったとおり小さな村が見える。

ここで今から起こることは。

「お父様、もうすぐ魔術師たちが村に火をつけます。先につぶして止めましょう。プリメラのことは迂回します」

「……聖眼は使うなという注意が聞こえなかったのか？」

「先手で使わなくてどうするんですか。ただでさえ私たちには手数が少ないんです。カルロス様とお母様の身柄の確保もしないと――あ」

村の中央にある広場から出入り口へと続く街道を見たシルヴィアの聖眼に、別の光景が映る。だが今から先の未来なのだろう。先に体がふらりとかしいだ。それをうしろに立っていたルルカの体が支えた。

「だから聖眼はあまり使うなと言っているんだ。最近のお前は、魔力の扱いに慣れたせいか先を視すぎる」

「大丈夫……です。たぶん、今から十分か、その程度なのでまだ……」

「そうやって許容以上の未来を視て一度、心臓を止めたのを忘れたのか」

ルルカの胸に背を預けたまま見あげる。

（まさか、心配してる？　一度、私が死にかけたから）

こういう心配は嬉しい。ふふ、と笑うと訝しげな目を向けられた。

「なんだ。まさか、俺の心臓の残り半分も狙っているのか」

「いりません、そんなもの」

「そこまできっぱり拒まれると傷つくな」

ルルカはわざとらしく傷ついた顔をしている。無駄話はここまでだと、シルヴィアは自分の足で立った。

「いきます、私はあそこの建物から出てくるカルロス様と、お母様を確保します。お父様は右手奥にいる魔術師たちを片づけてください。時計回りでお願いします」

「妖魔皇を顎で使うとは、勇気があるな」

「可愛い娘の頼みですよ」

すまして言うとルルカは嘆息し、高台からどこぞへと飛んで姿を消した。続いてシルヴィアも高台から、カルロスたちがいる屋敷の屋根に飛び移った。

カルロスたちが屋敷から出てくるのはもうすぐだ。なら、屋敷内に忍び込むより出てきたところを狙う。

それとも、いったんカルロスたちは逃がすべきだろうか。開いた裏口から、カンテラを持ったヨアムが出てきた。続いて頭からマントを被った青年たちが周囲を見回しながら出てくる。中央にいる、母親を抱き抱えているのがカルロスだった。ここからまず逃げるつもりらしい。正しい判断だ。

なぜならばこの村はもうすぐ、聖女プリメラと大聖女サマラに襲撃される――。

「あ、あの、リベア聖爵で……いらっしゃいますよね」

咄嗟にシルヴィアは、煙突の陰に身を隠した。裏口にある藪からがさがさと音を立てて出てきたのは、ジャスワントだ。

こうして姿を見るのは一年ぶりだった。少し身長が伸びたようだ。だが、相変わらず皇子らしい上等な装いと、おどおどした気弱な態度がかみ合っていない。そのせいか、カルロスたちは警戒しながらも、怪訝な顔をしている。前に出たのはヨアムだった。

「なんのお話でしょうか。ここはベルニア、リベアとは縁もゆかりもない小さな村でございます」

誤魔化すことにしたらしい。だがカンテラの手元で懐に手を伸ばしている。武器でも仕込んであるのだろう。ジャスワントからは見えない位置だ。

「す、すみません。僕は、ジャスワントという者で……あの、聖女プリメラの皇帝候補なんです」

「――それは、それは。こんな田舎までようこそ。ですがあいにく、ここ最近の騒動でおもてなしするような余裕はないのです。我々も今から夜逃げする有り様で」

申し訳なさげに演じてみせたのは、カルロスだ。ジャスワントが少し首をかしげる。

「ええと……そういうのいいんで、ベルニア夫人を渡してもらえませんか。僕、お役に立てると思うんです。聖女ベルニアの口伝の解明に。大聖女サマラ様も聖女リベアが隠しているものに興味があるそうで……」

ヨアムの顔色が変わる。背後のカルロスたちももう、警戒を隠さなくなっていた。それをわかっているのかいないのか、ジャスワントは頬を紅潮させ、まくし立てる。

「ずっと不思議だったんです、かの聖女たちは活躍こそ語り継がれているけれど、聖女たちは手記も残していない。なぜなのかって……でもまさか口伝が残っているなんて！　僕はもう、聖女ベルニア様の口伝が知りたくて知りたくて。それだけなんです、協力しましょう！　僕ならベルニア夫人をなんとでもできますよ」

ジャスワントは、ただの皇帝候補――聖女プリメラのお飾りではない。聖女ベルニアに心酔する殉教者だ。その瞳には、紛れもない狂気が宿っている。

「でないと、天罰がくだりますよ？」

「カルロス殿下、お先に！」

短剣を取り出したヨアムがジャスワントに飛びかかる。だが、ジャスワントを中心に発生した魔力の風に吹き飛ばされてしまう。続いてどこからか放たれた炎が、カルロスたちに襲い掛かる。人影はない。魔術師が遠距離で攻撃してきているのだ。屋敷が燃え上がり、炎の直撃をくらったひとりが、悲鳴をあげて倒れた。

倒れた男の名を叫んで足を止めたカルロスの背後から、今度はジャスワントが飛びかかってきた。横からも再度、炎が襲い掛かってくる。なのにカルロスは身をかがめて、動かない。母親をかばうことを選んだのだ。ヨアムが叫ぶ。

舌打ちしたシルヴィアは屋根を蹴った。

カルロスに襲い掛かった炎を魔力で消し飛ばし、ついでにジャスワントも回し蹴りで薮の向こうに飛ばす。魔術の知識はあれど物理攻撃に弱いジャスワントは、これで当分、目をさまさないはずだ。だが、まだ魔法兵団が潜んでいる。

「聖女シルヴィア……なぜ、助けて」

「こっちです、早く！」

呆然とつぶやくカルロスの腕をつかんで引っ張った。戸惑いながら、カルロスに続いてヨアムや他の面々もついてくる。そして途中にある小屋の扉を開いた。そこにカルロスを押しこむ。

「私が扉を閉めて百数えたら、山をおりてください。ただし、村の正面の街道は決して使わないように。増援がきます。そちらは私が引き受けるので、あなたたちはここから逃げることだけ考えてください。いいですね、早くここから離れるんです」

「な……なぜ助ける、君が」

「丁重に扱うというのは本当だったようなので。ついでにくだらない母親への罪悪感を、あなたを助けることで帳消しにします。お母様をお願いします」

カルロスはいまだ眠る母親を見たあと、ヨアムにそれを預け、シルヴィアを見つめた。

「いいのか」

「あなたに預けるのが最適だと判断しただけです。いいですか、百ですよ。それ以後この村にいたら、全員、死にますからね」

聖眼を起動し、状況を確認する。カルロスが苦笑する。

「聖眼はすごいな。そんなことまでわかるとは……だが君は、ひとりで大丈夫なのか」

「お父様がいますので、ご心配なく」

カルロスからいきなり表情が消えた。神妙な顔でうつむき、つぶやく。

「……そうか……妖魔皇が、きているんだな……」

「何か？」

「いや。すまない」

カルロスの真摯な声に、シルヴィアはまばたいた。だが詰問している時間はない。全員が小屋に入ったことを確認して、扉を閉める。そして走り出した。

（魔力の配分に気をつけないと）

瘴気のあてもないのに、聖眼を使ってしまった。このあとの相手を考えると、これ以上魔力の無駄遣いはできない。

先ほどの屋敷から火が燃え移ったせいで、村の中央にある広場は明るかった。そのおかげで、小さな柵に囲まれた井戸もはっきり見える。

聖眼で視た場所はここだ。

「お姉様、待ってたよ」

二階建ての建物の上から、妹の声が振ってきた。深呼吸して、シルヴィアはゆっくり振り向く。百はもうそろそろ終わった頃だ。カルロスたちは逃げたと信じるしかない。

「プリメラ。……あなた、今回の課題には参加しないのでは？」

「課題には参加してないよ。お姉様に会いにきてるだけ」

「いい加減、お姉様離れしたらどうです」

「さみしいこと言わないでよ。知ってるでしょ、ボクにはお姉様だけだって」

困った妹だ。嘆息すると、屋根の上から足をぶらぶらさせていたプリメラが、立ち上がった。

「うん、これだね。ボクが視た光景は。ここで、この短剣で」

腰に差した短剣を引き抜き、プリメラが炎に照らされた頰で笑う。

「お姉様の心臓を貫くことになるのかな」

飛びかかってきた妹の短剣を、手に出現させた大鎌で振り払う。弾き飛ばせると思ったのだが、プリメラは正面から受け止めた。少しだけ驚く。魔力の攻守が一年前よりはるかに上達している。

これは少々手こずるかもしれない。あともう少しのはずなのに。

「ちゃんとこっち見ろ、よ！」

大鎌の下をくぐり抜けてきたプリメラに、蹴りを叩き込まれた。片腕で庇ったが衝撃を殺しきれずによろめく。だがすぐさま頭上のプリメラの影に気づいて、大鎌を振り上げた。

ばちばちと広間に魔力の爆風が吹き上がる。風に煽られた炎が、他の建物に火の手を回していく。

「これがあなたが私に勝って、大聖女になる道ですか」

「そうだよ！」

「大聖女サマラに誘導された道ではなくて？」

「はあ⁉　あんなババア、どうだって――っ」

そのとき、シルヴィアが崖上で視た未来がきた。

プリメラに視えるのは自分が起こすべき行動だけだ。だから敗北する未来は視えない。

頭上の夜空が、明るく染まる。炎ではない。魔法陣だ。

「なっ……あのババア、邪魔しに――ッ！」

上空を振り仰いだプリメラの隙をつき、村の外へと蹴り飛ばした。これでひとつ片づいたと、シルヴィアは空をにらむ。

夜空から降ってくる光の矢は、まるで流星のようだった。村全体に降り注ぐ魔力の攻撃を、最低限の結界だけで耐える。逃げる魔力も残しておかねばならないからだ。

村の正面には、大聖女サマラとその兵団が陣取っている。

だがさすがに、目算が甘すぎた。大聖女の神聖魔法だ。スカートの裾を光の矢がかすめ、冷や汗が浮かぶ。魔力を温存している場合ではないと身を守るための結界を強化したが、攻撃がやむ気配がない。逃げ道を見つけなければと聖眼を起動しようとして、手薄になった結界が貫かれた。

衝撃でうしろに弾き飛ばされ、衝撃を覚悟した背中が、ふわりと浮く。

「だからあまり聖眼を使って先を視るなと言っている」

「……お父様、魔術師たちは⁉」

「片づけた。残っていたとしても、この騒ぎではいないも同然だ」

答えながらルルカは降ってくる光の矢をよけ、腰に持った短剣を引き抜き、魔法陣に向けて投げつけた。

ぴしりと硝子が砕けるような音がして、魔法陣が崩れ消える。ほっとシルヴィアは息を吐き出した。あちこちの民家が崩れ落ち、地面はえぐれ、井戸もただの石の山になってしまっているが、攻撃は止まった。しかし背後では先ほどの魔法で、村を燃やす火が勢いを増している。

「早く逃げましょう、でないと大聖女が――」

「さすが、妖魔皇」

きてしまったと、シルヴィアは唇を引き結ぶ。できれば遭遇せずに逃げたかった。

街の入り口は、シルヴィアが聖眼で視たとおり、甲冑の騎士団が整列してふさいでいる。

その奥から真っ白なベールを、ローブを、炎の風にゆらして、大聖女サマラが進み出てきた。

「そしてその姫君、というべきでしょうか。それとも天才聖女の姉、聖爵令嬢と？」

「……どれでもお好きなように。私は聖女としてここに立っているつもりですが」

「おかしなこと。私は世界を滅ぼす妖魔皇とその娘を退治しにやってきたのですが」

「皇帝選の課題に大聖女が出てくるなんて、さすがに規則違反では？」

「私は聖女プリメラのお手伝いをしただけですよ。ご本人には拒まれてしまいましたが」

そうだろう。プリメラは矜持が高い。相手が大聖女だろうが助けなど求めない。

「ですが必要とあれば動きます。聖女とは究極、世界の滅びを回避するためだけに存在する。それが存在意義なのです。神聖魔法はあまり得意ではないので、自信はなかったのですけれどね」

「……ご冗談を。現役でも十分、通用するでしょう」

あんな神聖魔法が繰り出せる聖女がそうそういてたまるか、という思いをこめてシルヴィアは答える。サマラは微笑んだ。

「私の聖眼の能力は、あまり役に立たないと思いませんか？」

　何を突然言い出すのかと思ったが、サマラは頓着しない。

「こうなれば滅ぶ、という未来が視える。だがこうすれば滅びない、という行動はわからないのです。最悪をどうにかふせぐだけ。あとは委ねるしかない。おかげで皇帝選当時、私の聖眼ははずれの部類でした。なのに私の皇帝候補はそういう小さな努力の積み重ねこそが世界を救う術であるべきだと、私の言うことを信じてくれました。愚直に最悪を回避し続け――結果、勝ち残ったのです。寡黙で、不器用で、でも優しいひとでした」

　オーエンのことだ。だが伏し目がちに語るサマラのかつての皇帝候補と、印象が一致しない。何より、サマラがこんなことを語り出す理由がわからない。

「……ひょっとして、百年は長い、という話ですか？」

　意図をさぐるシルヴィアに、サマラは上品に微笑み返した。

「劇薬はいらない、という話ですよ。ええ、確かに百年は長かった。衰えがおそろしかった。でもまだ私には、あなたをここに引き止める程度の力はある。いずれ失うとしても、今ならば。いえ、今だからこそ」

　しわが見える笑みは穏やかで慈悲深くも見えた。だがその瞳に宿る強い意志は、臆病な聖女など居竦ませるほど鋭い。

「私の視た未来では、あなたは聖女プリメラをしりぞけ、ここから逃げてしまった。鐘が鳴る前にです」

サマラの言葉のあとに、村で一番高い塔の鐘が鳴る。鳴りながら、焼け崩れた。

大きな音に、つい、シルヴィアもルルカもそちらのほうを向く。炎が噴き上がった。まるで地獄を焼き払うように。背後から近づく人影も、躍る炎の音にかき消される。

「滅びの未来は回避された」

気づいたのはシルヴィアが先だった。カルロスだ。握っているのは瘴気を振りまく、鉄の剣。初代皇帝の宝剣。

振り向いたルルカが眉をひそめ、魔力でカルロスごと吹き飛ばそうとした——そうしたのだと、思う。だがそれらはすべて、宝剣に吸い込まれるように消えた。

「なっ……」

「お父様！」

ほんの数歩先の距離で、ルルカの左胸が貫かれた。

炎に照らされた一枚の影絵のような現実に、シルヴィアの動きと時間が止まる。

「すまない」

か細いカルロスの謝罪の意味がわからなかった。目の前の光景が、情報が、頭の中にうまく入ってこない。

サマラの哄笑でさえ、遠い出来事のようだ。

「それが聖女リベアが隠したものですか！　妖魔皇の心臓を貫くとは……リベア聖爵を捕らえなさい！　そしてあの剣を壊すのです、そうすればあの男の野望は潰える！」

剣の切っ先を地面に突き立てたルルカの足元から、瘴気が噴き上げた。サマラの命令で動こうとしていた甲冑の騎士たちも動揺して立ち止まる。ルルカが舌打ちした。

「そういう、剣か……っ」

「――おとう、さま」

「俺の姫」

呼ばれて、やっと駆けた。膝をつくルルカの体にすがりつき、支える。髪を、顔を汚す血にもかまわず、その胸に頰をこすりつけた。

「お父様、お父様……し、しっかり、して、ください」

「だい、じょうぶだ……冷静に、考え、なさい……国が、ほしいんだろう。それに、半分は……まだ……お、前……っ」

「お父様！」

吐いた血が顔にかかった。でもかまわない。向けられた微笑みを、まばたきもせず見つめ返す。

「……泣くんじゃない」

言われて初めて、ルルカの血以外にも、涙が頬に伝っていることを知る。崩れ落ちたルルカが、唇をゆっくり動かした。

「……うつくしく、ある、ように」

そう言うルルカのほうが美しく微笑んで、夜空の瞳をきらめかせた。魔力の兆しだ。こんな体で何を、と尋ねる前に、その瞳が唐突に見えなくなった。ルルカのまぶたが落ちたのだ。

「――お父様？」

ルルカの手から、宝剣が転がり落ちた。ただの鉄の剣だったそれは、まるで化けの皮がはがれたように、銀色に輝いていた。その輝きをシルヴィアは見たことがあった。

聖女ベルニアが、妖魔皇の心臓を封印するために使った銀の鎖だ。

（ああ、だからお父様の心臓から力を吸って、今、動かなくなっ――）

それ以上の答えを、思考が拒んだ。何も考えられない。我に返ったカルロスがその宝剣を手にして駆け出したことも、それを見たサマラが追撃を叫んだことも、目の前で起こっていることなのに、まったく現実感がなかった。

（だれか、だれか）

助けて、神様。どんなに願っても叶わなかったことなど知っているのに。

皆、シルヴィアを助けない。ルルカのことも、助けてくれない。唇を嚙みしめた。

心臓が痛い。息が苦しい。知らず、体が瘴気を吸っている。

「……よ、くも」

全身から魔力が立ちのぼっているのがわかる。尋常でない空気に気づいたサマラと周囲の兵士たちがあとずさった。

「あ、あの娘、瘴気を、吸って……っ」

「……っ脅えることはありません。いずれ許容量をこえて、力尽きます」

サマラの声に、あとずさった兵士たちが踏みとどまる。

「討ち取りなさい、小娘ひとりです！　妖魔皇はもういない！」

「よくもよくも、よくもお父様を！」

叫んだ瞬間に、魔力が暴発した。炎が魔力の風に吞みこまれ、シルヴィアの周囲に渦を作る。悲鳴があがった。討伐を命じたサマラでさえ、熱風に吹き飛ばされてうしろにさがった。退避、という声が聞こえる。

「逃がすわけがないでしょう！」

シルヴィアの意志を汲み取ったように、炎の魔力が兵士たちに襲い掛かった。甲冑を投げ捨て、兵士が逃げ出す。あるいは火を必死に消そうと必死に地面に転がる者もいた。人の焼ける臭い。死を前にした汚い絶叫。ははは、とシルヴィアはそれを嗤おうとして、胸に走った痛みに息を詰める。

（いき、が……すえな……）

魔力も炎も、その一瞬で消え失せた。今だ逃げろ、という声が聞こえる。サマラの逃げ出す背中が見えた。

「まっ……！」

許せない。殺してやる。そう思うのに、心臓が脈打つたび、全身に激痛が走って、動けなかった。体を折り曲げる。

膝の上には、目を閉じたままのルルカの顔があった。

「お、とう……さ……」

血まじりの涙がぼろぼろと落ちる。娘が泣いているのだ。なのに、ルルカは目をあけない。

心配性の父親のくせに。こっちがいらぬほど、いつも心配するくせに。

誰かが近づいてくる気配がした。でも動けない。せめてと、ルルカの体に覆い被さるだけ。なんだか疲れてしまった。目を閉じる。そうすると驚くほど安心した。

ルルカがいないこの先なんて、視たくもない。

もう、死ぬまでそっとしておいてほしかった。

＊

北西にある小さな村が焼け落ち、瘴気にまみれたらしいと耳に挟んだとき、ロゼは半壊したベルニア聖爵邸の前庭で炊き出しをしていた。

「瘴気が濃くて近寄れもしないらしい」

「とてもひとりじゃ手に負えないって話で、浄化のためにデルフォイから聖女を何人か派遣するそうだ。ロゼちゃんはどうするんだ？　やっぱ行くのか」

尋ねた男性の目にも口調にも、不安がにじんでいる。つい昨日、久しぶりに屋根のある場所で眠れたと言っていたひとだ。また居場所がなくなるのが怖いのだろう。ロゼは首を横に振った。

「ロゼは、浄化とか得意ではないので……ここで、皆さんを守ってます」

「そうかい」

ほっとしたように笑って、男性が炊き出しの列から抜けていく。次にきた女性も、ここにいておくれよ、と言いながらお椀を差し出した。

ベルニアの領都は瘴気が頻繁に発生するようになり、夜盗なども現れるようになっていた。肝心の聖爵も逃げ出している。もうどこが戦場になるかわからないと、元の住民は大半が保護を求めて西に逃げ出していた。ここに残っているのは置いていかれた者や、別の場所から逃げてきたものの、逃げる手段が尽きた貧しい者たちばかりだ。

だが領都そのものは堅牢な造りをしている。身を寄せ合う避難所にはいい場所だ。夜盗や瘴気や不安で暴れ出すような者たちは、アークが全部叩きのめしてくれる。

「ロゼ様、ありがとー！」

「お母さん、お大事にね」

おかげでこうして子どもが母親の分まで炊き出しに並べる程度に、状況は落ち着いてきていた。最初はロゼをシルヴィアの仲間だと脅えた者も、今では挨拶を返してくれるようになっている。ロゼの予知を信じて、協力してくれる人たちも増えてきた。手が増えればできることも増える。特に切り替えが早いのは女性のほうで、今も炊き出しを手伝ってくれていた。

危険な出来事や場所はあらかじめロゼが見回り、さける。暴力的なことはアークが解決する。そうすることでなんとか毎日をやりすごす。それでも、この情勢だ。毎日、何かしら起こる。

「おい、馬が突っ込んできたってよ！」

炊き出しを終えて片づけをしていたロゼは、そちらに振り向いた。今度は自分たちの昼食にしようと準備をしていた女性が、嫌な顔をする。

「なんだい、強盗かい？　それともまた避難者」

「怪我をしたりしませんでしたか？」

今朝の見回り時点で危険な未来は視えなかったが、ロゼの視る『危険』は命に関わったり何十人も倒れるような被害が大きなものだ。怪我人が出る程度の小さな危険は見落としてしまう。

ロゼの質問に、前庭に飛びこんできた男性が首を横に振った。

「アークさんが止めてくれやしたので、大丈夫です。擦り傷くらいで。でもあれ――」

「ロゼ！」

今度はアークの声だ。しかも、何かを担いで屋根を伝ってこちらにやってくる。アークは小柄な少年だが、妖魔と共存しているので体力も腕力もすべてが妖魔並である。何か運んで屋根を伝うのは別に珍しくもなかったが、速度が尋常ではない。

その原因は、アークがロゼの前に降りてきた瞬間に判明した。

「──おねえさま、ルルカ様！」

「突っ込んできた馬にくくりつけられてた。早く手当てを」

あとずさったのは先ほど馬のことを教えてくれた男性だった。

「や、やっぱりお荷物姫……？」

「何かの罠じゃあ……」

動揺は瞬く間に広まった。ロゼは周囲をぎっとにらむ。

「いいから早く、おねえさまを運びます！　もうそんなこといってる場合じゃないって、みんなわかってるでしょう⁉」

ロゼが声を荒らげ、批難する。それでも怖じ気づく者が数名。だが、余所からきた者も含めて、立ち上がってくれた者は多かった。

「お屋敷の中、あいてる部屋あるだろ！　そこに運ぶぞ」

「ねえ、お医者さんいたよね⁉　早く連絡して」

「で、でもあれ、藪医者だぞ……」

「いいからつれてきなさいよ！」

ほっとして、ロゼはアークがかついだままのシルヴィアの手を握る。

着ているものも血と汚れまみれで、顔は紙切れのように白い。触れた手も冷たく、ロゼの体温を吸い取っていく。

(でも大丈夫)

聖眼を起動して、目を開く。

シルヴィアとルルカが——誰かが命を失う未来は、まだ視えない。

*

汚れた姿なのは、そのままやってきたからだろう。

リベア聖爵を見失い山中に設置した野営地を訪れた若き聖女に、サマラは苦笑した。

「無事で何よりです、聖女プリメラ」

「よく言うよ、攻撃してきといて」

「怪我でもしましたか」

「は？　するわけないだろ」

質問自体が不愉快だというような顔をされた。天才と名高い少女は、扱いが難しい。

「聖女シルヴィアはどうしましたか」

「自分で調べたら？」

「まさか、助けたのですか？」

プリメラは答えなかった。だが、この少女が姉に異常な執着を持っていることは、サマラも知っている。あり得なくはない。嘆息した。

「……調べたくても、兵をあんな瘴気の中に突っ込ませることはできません。私もあのような濃い瘴気はもうとても、体がもちませんから」

小さなあの村は、炎に勝る瘴気にまみれてしまった。それを知ったデルフォイ聖爵陣営の聖女たちが、すわ暴動の救助活動だと浄化に向かったようだが、あれは手に負えないだろう。あんなもの、妖魔が住む地底——魔界に落ちてしまったのと変わらない。

リベアの宝剣はそういう力を持っているようだ。仕組みや具体的な理由はわからずとも、引き起こした現象は明白だった。

「あの瘴気をあなたが浄化すれば、もうあなたの一位はゆるがないでしょうに」

「まさか、ボクに適切な課題を用意したとでも言いたいわけ？」

「ただの事実です。あなたを阻むとしたら聖女シルヴィアでしたから」

そこに異議はないのか、プリメラは口を挟まなかった。

「ですが、聖眼には死亡情報が出ません。順位は最下位にまで落ち、次の選定では確実に脱落するだろうと、他の聖女から報告は受けています」

「やっぱりあんたの聖眼って今回の皇帝選の課題だとか順位だとか見られないんだね」

他の聖女から聞いた、というだけでそちらに気づいたプリメラを少し意外に思った。

何も気にしないように見えて、この少女は観察眼があるのかもしれない。あの姉と同じように。

「ええ。皇帝選に関しては百年前の前回用です。私の聖眼はもう、滅びを呼ぶ出来事を映すばかり。──そしてそれは今、解消された」

あの火の手が上がる小さな村で、シルヴィアがプリメラをいなし、妖魔皇と共に逃げてしまう──それが、絶対さけねばならない出来事だった。プリメラにはシルヴィアと戦わないよう言い含めたが、それでさけられるとは思わなかった。

だから課題が出たときから、わざわざ兵を率いて聖殿から出てきたのだ。

「私の役目は終わりです。宝剣は気になりますが、懸念は払拭されました。あとは聖殿に戻って皇帝選の行方を眺めましょう」

「よくそんなつまんない聖眼で、ボクとお姉様の邪魔をしてくれたよね」

小柄な少女の海色の目が、その中の聖痕が、猫のように光る。

「このままですむと思うなよ」

おそれを知らぬ言葉は、若さ故の特権だ。大聖女らしく悠然と微笑み、見送るだけに留めた。

生きているにせよ死んでいるにせよ、聖女シルヴィアが再起する可能性は限りなく低い。

何より、妖魔皇は心臓を貫かれた。

どうやら周囲はサマラがシルヴィアを排除したがっていると勘違いしているようだが、違う。サマラの狙いは妖魔皇だ。彼だけは、絶対に皇帝にするわけにはいかなかった。

その妖魔皇も死んだ。これでサマラの百年かけた悲願は、成就したも同然だ。

天幕にひとり戻って、両肩から息を吐き出す。

大聖女サマラの聖眼は、つまらない。だが、はずしたことはない。

少女ノ心臓

目をさませば、最初に戻っている気がした。

粗末な馬小屋か、それとも大きな木の根元か。ところどころ破けた布を羽織(はお)って、身を縮こまらせて眠る。いつか、ここではないどこかへと願いながら。

そこには、自分を必要としてくれる誰かがいる――誰、が？

はっと目をさますと、天井が見えた。半壊した馬小屋の屋根でも、空でもない。ちゃんとした部屋のものだ。見覚えもある気がする。

「おねえさま……！」

そして見覚えのある顔が、上から自分を覗(のぞ)きこんできた。渇(かわ)いた喉(のど)で、シルヴィアはその名前を呼ぶ。

「……ロ、ゼ……」

「あっま、待ってください。お水あるので……！　起き上がるなら、ゆっくり」

ロゼに支えられ、水差しから水を飲む。それでやっと周囲を見回し、見覚えがある理由がわかった。

「……ベルニア聖爵邸、ですか……ここ……」

「は、はい。無事なところを使わせてもらってます。ここは誰のお部屋かわからないんですけど……」

「両親の、部屋、です……」

屋敷の出入りを禁じられるまでは、何度か入ったことがある。壁紙は、かつてあった自分の部屋と色違いのおそろいで――両目を見開いた。

「お父様は⁉」

「と、隣です」

言われて、ロゼと逆方向にあるもうひとつ寝台に気づいた。

「お、父様……！」

シーツをはいだシルヴィアは、勢いあまって寝台から転げ落ちた。ロゼが慌てるが、かまわずにルルカの顔を覗きこむ。

おそるおそる触れた頰は、氷のように冷たかった。その冷たさが否応なく、最後に見た光景を蘇らせる。急いでシーツをはいだ。着ているのはどこで用意したのか、簡素な患者服だ。血は見えない。

でも耳をあてた左胸からは、鼓動が返ってこない。息も、していない。

「……う」

口元を押さえて、そのまま床にへたり込む。心臓が痛い。胸をつかんで体を折り曲げると、大粒の涙がぼたぼた床に落ちた。

「……あ……あ、お、父様……っお、とうさまあぁぁあ……！」

「お、おねえさま、落ち着いて」

大声をあげて泣き出したシルヴィアの肩を、ロゼが抱いてくれる。だがシルヴィアは駄々をこねるように、首を横に振った。

「い、いや、嫌です……おとうさま、お父様……！」

「ケケ、ヤッパリ妖魔皇ガ死ンダト思ッテピーピー泣イテヤガル、姫様」

ばっと体を起こす。ちょうど扉をあけてアークが入ってきたところだった。その肩の上で黒い靄のような妖魔が笑っている。

「こんな場面で笑うな。すみません、シルヴィア様」

「ダッテ笑エルダロ、アノ生意気ナ姫様ガメソメソメソメソ」

「ナイツ、怒るよ」

ぎろりとアークににらまれて、ナイツと呼ばれた妖魔が大きく膨れ上がった。

「俺ニ指図スンジャネェッ！　俺ガイナキャ死ヌクセニ！」

「わかってるよ、お前も俺もお互いがいないと困る共存関係だ。シルヴィア様、目覚められたんですね」

まだきいきい叫んでいるナイツを無視して、アークが手を差し出してくれた。

「……今、ナイツは、なんて……」

呆然とシルヴィアは聞き返す。するとアークがシルヴィアの手を無理矢理取って、立ち上がらせた。ロゼがその体を支えて、ルルカが眠る寝台に座らせてくれる。

「聞いたとおりですよ、ルルカ様は死んでおられません。ね、ナイツ」

「何デ俺ガ答エナキャ――ッ！」

ナイツが途中で息を呑んだ。知らず、シルヴィアの指先にぱりっと魔力が奔ったのに気づいたからだろう。

「……君たちの姫様を怒らせない方がいいと思うよ、ナイツ」

「フ――フン！　妖魔皇ハ死ンデナイ、ソレダケダヨ！」

「……心臓も、息もしてないんです。いい加減なことを言うなら――あ」

ひゅっとナイツがアークの体に引っこむように姿を消してしまった。アークがやれやれと肩をすくめる。

「ナイツは嘘を言ってないと思いますよ、シルヴィア様」

「で……でも、胸を……心臓を貫かれたんです。い、いっぱい、血も出て……」

思い出すだけで、声も手も震える。その手をロゼが両手で握ってくれた。

「おねえさま。ルルカ様、怪我をしてないんですよ」

見返すと、ロゼは口ごもってしまった。だが考えながら、答えてくれる。

「傷痕も最初はあったんですけど、なくなりました。死んじゃったなら、そんなふうになりませんよね？」

「シルヴィア様、ルルカ様がこうなったのは、俺たちと別れたあとすぐですよね。北西の村であった出来事と関係ありますか」

こくりと頷く。アークは向かいの寝台に腰かけ、シルヴィアと向き直った。

「だったらやっぱり死んでないんだと思います。実は俺たちと別れてから一週間以上たってるんですよ。シルヴィア様はここにきてから三日間眠ってましたから。でもルルカ様はその……腐らない、ので」

アークは言いづらそうだ。シルヴィアは首を横に振った。

「それは、お父様が妖魔だから……」

「ナイツが言うには、妖魔は死ぬと瘴気になって消えるらしいですよ」

シルヴィアは振り向いてルルカを見た。鼓動がない、呼吸をしていない——それがわからなければまるで眠っていると錯覚しそうな顔だ。

（生きてる？）

考えて、また心臓が痛んだ。急いでアークのほうへ向き直り、首を横に振る。アークとロゼが困ったように顔を見合わせた。

「スレヴィ様がいればもっとはっきりするんだけどな……」

「ナンダヨォ！　俺ガ信ジラレナイッテノカ！」

またアークの肩からナイツが飛び出してきた。

「死ンジャイネェッツッテンダロ！　瘴気ニモナラナイ、傷ハ治ル！　コレデ死ンデタラ驚キダロウガ！」

「——あなたは、あの光景を見てないからそんなことが言えるんです！」

左胸を貫かれた光景も、その体から魔力もぬくもりも失われた瞬間も味わっていないからそんなに簡単に言えるのだ。信じるのが怖かった。生きているかもと思って、そうじゃなかったら——もう一度ルルカが死ぬことになる。そんなの耐えられない。

シルヴィアの声に、ひっとナイツがアークの背中に隠れた。

「ナ、ナンダヨ。イツモソンナ、怒鳴ンネーダロ！　ラシクナイ！」

「あ、たり前、でしょう……っお父様が、こんなに、なって……」

「ナラ、妖魔皇ノ心臓、俺ニヨコシヤガレ！」

はっとシルヴィアは瞠目した。

「ソシタラ、俺ガ心臓ヲ食ッテ妖魔皇ニ――ッナンダ痛イ痛イ痛イィ！」

立ち上がったシルヴィアに魔力こみでいきなりつかまれて、ナイツがわめく。

「……私の心臓は、まだ動いてますよね。それは、使えるんですか」

「ナンデ俺ガ答エ……ッ使エ、使エル、使エマスゥ！　放セ、暴力姫！」

ナイツを放した手で、今度は自分の胸あたりをつかむ。

（そうだ、私の心臓にはお父様の心臓が半分あって……）

まだシルヴィアは生きている。ルルカの心臓が動いているからだ。

――死んでない。

「生きて……る……お父様……」

唐突に腑に落ちた結論に、ぽろっとまた涙がこぼれ落ちた。ロゼが看病用に置いていた布を差し出してくれる。アークが苦笑し、その肩の上でナイツが舌打ちした。

「フン、ピーピー泣イテ、妖魔皇ノ姫ダナンテヨクモ名乗レ――捕マルカ！」

今度はつかむ前に逃げられた。でも批難はもっともだ。

冷静に考えなさいと、言われていたのに。うつくしく、と望まれたのに。

「問題はどうやってルルカ様に息を吹き返してもらうか、ですよね……」

「え？　このまま寝かせておけばルルカ様は回復するんじゃ……？」

「そう思いたいけど……何日、いや何ヶ月、何年かかるかもわからないからね」

「私に考えがあります」

ごしごし布で涙と鼻水でぐちゃぐちゃの顔をぬぐう。深呼吸をして、ロゼとアークを見つめた。

「取り乱してすみませんでした。現状を教えてください」


二度と足を踏み入れることもないだろうと思っていた生家の屋敷で、仲間と朝食をとるなんてことが起こるから、人生はわからない。

消化にいいスープにパンを浸してゆっくり食べながら、シルヴィアは現状をおおまかに把握(はあく)した。

まず、あの北西の小さな村は瘴気に侵蝕(しんしょく)され近づけなくなっている。デルフォイ聖爵家から派遣された聖女たちが浄化にあたっているらしいが、まったく歯が立たないという噂だった。聖女プリメラが浄化にあたるべきだという声もあがっているが、ここでプリメラが浄化してしまえば今回のベルニア暴動が終わり、点数を総取りされるのではないかという懸念の声もあって、プリメラも動いていない。

　そして、暴動の根本原因であるリベア聖爵のことはまったく噂になっていなかった。サマラが情報統制しているのかもしれない。

「今、俺たちが抱えている問題は大きくふたつですね。まず、皇帝選のこと。そしてルルカ様のことです。シルヴィア様にはお考えがあるということでしたが……」

　アークの言葉に、シルヴィアは頷き返した。

「はい。お父様の心臓を私は共有しています。なら、心臓を治す——お父様の心臓を再生できるんじゃないかと思うんです。それだけの魔力を供給できれば」

「となると必要なのは瘴気ですか」

「な、なら北西の村に行きますか？　でも、お姉様の体は……」

「北西の村には行きません」

　きっぱり言い切ったシルヴィアに、ロゼが首をかしげた。

「でも……今、瘴気っていえばそこ……」

「あれは囮（おとり）につかいます。どうせ誰もいない。人的被害もありません。それよりも、リベア聖爵――カルロス様たちをさがします」

「課題を優先する、ということですか？　確かに猶予（ゆうよ）はあまりないですが」

「ええ。だからお父様と課題を、同時に解決します。ナイツ」

もう朝食を食べ終えているアークの頭の上にひょっこり黒い靄が現れた。

「ナ、ナンダヨ……」

「あなた、中級妖魔でしたよね。なら下級妖魔に伝えてくれませんか。リベア聖爵を捜せと妖魔皇の娘が言っていると。あと、他の聖女の動きも知りたいです。噂話でも実際の居場所でも、すべて私に知らせるよう頼んでください」

「ハァ⁉　ナンデ俺ガ、人間ノ頼ミナンカ！」

「ならそこら中の瘴気や妖魔を吸いまくって、魔力に変換してやりましょうか」

妖魔にわかりやすい権力構造はない。だが、強く美しい者が正義だ。そして瘴気を魔力に変換してしまうシルヴィアは、体を持たず地上では瘴気と同化している妖魔たちにとって捕食者、天敵である。

「お父様もお喜びでしょう。数多（あまた）の妖魔が自分の犠牲（ぎせい）になってくれて」

案の定（あんのじょう）、ナイツはぶるっと震えたようだった。シルヴィアは薄く笑った。

「妖魔皇の娘がお願いしてるんです。できますよね？」

「オ前……サッキマデ、ピーピー泣イテタクセニィ……ッ」

「返事は？」

「……ワ、分カッタヨ、ヤレバイインダロ！　ヤレバ！」

「見つけるだけですよ。何も手出しはしないように。私が処理しますので」

もう一度ぶるぶるっと震えたあと、ナイツがアークの影に引っこんだ。

「……ナイツが、瘴気のある場所につれていけって言うので、俺、行ってきますね」

妖魔は瘴気に潜む。他の妖魔に伝言するためだろう。シルヴィアは頷いた。

「お願いします」

「すぐ戻ります。あぶない真似はなさらないでくださいね。今は聖眼もだめですよ」

「大丈夫です、ロゼがいますから」

ぱっとロゼが顔を輝かせた。

「はい、まかせてください……！」

「ロゼもあんまり張り切りすぎたら駄目だよ」

自分の聖女に釘を刺すことは忘れずに、アークは出ていく。むうっとロゼは頬をふくらませた。

「ロゼだっておねえさまのお役に立てるのに」

「アークはロゼが大事なんですよ。でも、私は頼りにしてます。領都がまさか避難所になるなんて……本来、ベルニア聖爵の仕事なんですが」

つくづく、役に立たない実父だ。もう関係ないと思っていても、どうしても苦い思いがにじむのはやめられない。

「おねえさまは気にしなくていいんです。できるひとがやればいいんですから、たまには遠慮(えんりょ)なく頼ってください」

シルヴィアは、まばたいた。ロゼは無邪気な笑顔で食卓に身を乗り出す。

「よかったら、おねえさまも街を回ってみてください。昔おねえさまにつらくあたったひとは、あまり残ってないと思うし……ロゼ、いっぱいおねえさまの話をしちゃって、子どもたちが会いたいって言ってるんです」

「……私に、ですか？」

「はい！　宙返りができるとか、屋根まで飛べるとか、かっこいいって！」

できるが、それはただの曲芸人扱いではないだろうか。どこまでも聖女扱いされないことを複雑に思いながら、シルヴィアが頷く。でも、ロゼは嬉しそうだ。

「私、少しでも、おねえさまから故郷の嫌な思い出をなくしてあげたいんです」

「そ、そんなに気にしなくても……そう言うあなただって、故郷に対して思うところがあるでしょう」

ロゼは聖痕が顕(あらわ)れたせいで、聖女をかき集める貴族に売られる羽目になった。売ることを決めた故郷や家族を恨むとまではいかずとも、複雑な思いを抱えているだろう。今も、ほんの少し顔を曇らせている。

「そう……ですね。でも、嫌なものって少ないほうがいいと思うんです、ロゼ。思い出だって、いいことばかりのほうがいい。お姉様だって、ルルカ様があのままだったら、ずっとつらいですよね」

また心臓が痛んだ気がした。でも今は平気だ。それは、ルルカが生きている証(あかし)だと今は思っているからで、何も気づかなければ、ただ苦しいだけだった。

ロゼが言っていることは、そういうことだ。

つらいものをつらいままにしていては、苦しい。

ルルカのことはもちろん、故郷のことも、母親のことも同じだ。

「ロゼもいつか、故郷に顔を出して、元気だよ、幸せだよっていうのだけは、伝えられたらいいなって思ってるんです。もう、戻れないとしても」

「……そう、ですね」

時間は巻き戻らない。カルロスも次に会えば、以前のような会話はできないだろう。ひとを焼き殺そうとして笑った自分の姿も、ちゃんと覚えている。

でも新たに積み上げられていくものはある。

「シルヴィア様！　すみません、早速ですが近くの妖魔が情報をくれました。聖女プリメラが公表したそうです。リベア聖爵が暴動の指揮者で、すべての原因はリベア聖爵領にあると」

そうですか、と頷いてシルヴィアは立ち上がった。早速プリメラは先手を打ってきたようだ。これでリベア聖爵の身柄を捜して競争が始まる。

焦らず、頭を回せ。力を正しく振るえ。ほしいものをひとつも零さず、余さず。

うつくしくと望まれ、大切に育てられた。

だからそう花開く義務が、シルヴィアにはある。

リベア聖爵領の瘴気は、以前よりも蔓延していた。濃くはないが、消えもしない。まるで人間の悪意のようだ、とスレヴィは面白く観察している。瘴気は人間の負の感情にひかれるので、あながち間違ってはいないだろう。

いずれにせよ瘴気が多くてスレヴィが困ることはない。人間で言うところの「空気が澄んでいる」環境だ。低級妖魔が多いのはうっとうしいが、その分、妖魔同士の情報伝達も早い。

「だから、いらねぇっつってんだろ治療なんて！　慣れてんだよ、俺らは」

「うぬぼれるのも大概になさい、今は平気でもあとから影響が出るのです！」

「だからなんだ！　そうやって恩を売ろうってのか、さすが聖女様はお優しいなぁ！」

「黙れ私の点数！」

むしろ瘴気が祓われてしまった領都のほうが騒々しく、いただけない。

熊のような男の腕をひねりあげ瘴気を浄化している聖女様の姿に、機嫌のよかったスレヴィは半眼になる。なんて美しくない光景だろうか。

「はい、これでよろしくてよ。楽になったでしょう」

「……っど、どこも変わんねーよ、ヤブ聖女じゃねえのか」

「心配しなくても、あなたのそのひねくれた態度も快癒するはずです」

「病気じゃねーよ！」

「好きなようにわめきなさいな。私の点数が今、二点あがった……これが真実です！」

呆気にとられている熊男を、周囲の人間は気の毒そうに見ている。もちろん、その周囲も高らかに笑っている聖女の点数にされてしまった人々だ。

リベアに舞い戻ってきたマリアンヌを、領民は警戒した。今、リベア聖爵がやらかしていることを知っているなら当然だ。だがマリアンヌはそんなことに頓着せずひたすら「私の点数」と領民の瘴気を浄化し、街から瘴気を祓って結界を張り、妖魔が出たと聞けば退治へと向かう。ちなみに妖魔はマリアンヌにスレヴィがついているとわかれば逃げていくので、すべて不戦勝だ。それでも点数には換算されるらしい。

どれも点数にすれば二点か三点、二桁にも満たない行動が多い。はっきり言って非効率きわまりない。それをマリアンヌはいちいち勝ち誇りながらこなしていく。奇っ怪な点数お化けの救助活動に、領民はもはや警戒をこえて怯える始末だ。スレヴィまで哀れみの眼差しを向けられることがあり、大変遺憾である。

「……聖女様。お花」

「あら、咲いたのですね。よかった。瘴気がなくなったからでしょう」

それでも、目の前の困り事を解決してくれる聖女だ。子どもはなつき始めている。瘴気を浄化してもらえないか、と頼みにくる者も増えてきた。

瘴気があって当たり前、慣れている。ここの領民はよくそう口にしているが、所詮、助けてもらえないゆえの強がりだ。人間にとって、瘴気などないほうがいいに決まっている。

そういう当たり前の感覚を、マリアンヌは取り戻させようとしている。

「さあ、この勢いで畑を耕すのです！　リベアを復興させたとなれば、私の点数はさらに跳ね上がるでしょう……！」

「わかった！　またねー」

大きく手を振って子どもが走り去っていく。その光景は、どこにでもありそうな平和な街の光景だった。

「……これでもう少し高笑いを控えてくれればましなんですが」

「あら戻ってましたの、洗濯は終わりまして？」

スレヴィに気づいたマリアンヌが振り返る。この女は、本当に自分を洗濯男だと思っているらしい。

「それは屋敷での仕事です。私はいつも洗濯をしているわけではない」

「まるで洗濯以外に仕事があるような言い方ですわね」

妖魔がこの周辺に近づかないのはなぜだと思っているのか。だがわざわざそう口にするのは、あまり美しくない。頬を引きつらせながら反論する。

「ええ、大忙しですよ。何せ、姫様直々に命令がきましたので」

思い出して、下降気味だった機嫌が回復した。マリアンヌがまばたく。

「シルヴィアさんから？　手紙でもきたんですか。ならさっさとお見せなさい」

「手紙などではない、妖魔の情報網からです。ここは瘴気が多いので、噂話が舞い込みやすい」

「そんな便利な能力があるのならさっさとおっしゃい」

「瘴気を祓ってるくせに無茶を言うな」

「で、なぜそんなに浮かれているのです？」

ああ、とスレヴィは微笑んだ。

「クソジジイがやっとくたばったようで。ざまあ」

「ふざけてないで本題に入りなさい」

「いや本当なんですが」

半眼だったマリアンヌの目がまん丸になる。本気で信じていないらしい。少しだけスレヴィは浮かれた口調と表情を改めた。

「宝剣に心臓を貫かれて、死にかけてますよ。リベア聖爵にしてやられたようです。宝剣の力を取り戻すのに妖魔皇の心臓を貫く必要があったとかなんとか」

「じゃあ、リベア聖爵が見当たらなかったのは……」

事実を呑み込み始めたマリアンヌに、スレヴィの機嫌が再上昇する。

「そういうことでしょう。ここにはリベア聖爵たちの作戦を知っていた連中もいるはずです。いやはや、あなたは余計な者を助けたようだ」

「点数になっているから問題ありません！　それよりシルヴィアさんは無事なんです⁉」

「あなたほんとぶれませんね」

スレヴィは舌打ちしたあと、気を取り直した。肝心なのはここからだ。

「ご無事ですよ。我らが妖魔皇の姫君は大変お怒りだ。リベア聖爵を捜せとね」

「シルヴィアさんのことです、ルルカさんを助ける手段を考えついたのでしょう……それで？」

「……。あなた、ほんっとーに引っかかりませんね。つまらない」

「引っかかるわけがないでしょう。あなたがうきうきで説明するときは、なんとか私にダメージを与えようとしているときですから」

「言っておきますが私がうきうきしているのは、そんなことじゃありませんよ」

半分は当たっているが、もう半分は違うので嘘ではない。マリアンヌはあからさまに疑いの眼差しを向けているが、口端が自然に持ち上がる。

「姫様が命令なさったのです、妖魔に。これが喜ばずにいられますか。あの小汚い枯れ木のようだった子どもが、妖魔を動かしているのです。その強さと美しさでもって」

そんなふうに育てたのは、ルルカであり、自分だ。

「私は正直ルルカ様がこのままくたばってもかまいませんが、姫様がかように成長なさったとあらば力を貸すのはやぶさかではない。ええ、私は姫様の教育係ですから。というわけで、私は姫様の命令を遂行し——なんですか、その顔」

「妖魔は特殊性癖の持ち主なのかと」

「私にすれば人間の感受性がおかしいですね。姫様の成長がいかに美しいものか理解できませんか？」

「……まあ、あなたはシルヴィアさんの成長だけはいつも素直に喜びますものね。今に始まったことではありませんわ」

ふん、とつまらなそうに言われた。

「おや、何かご不満で？」

「お気になさらず。それで、リベア聖爵を捜すんですの？」

「そちらはもう低級妖魔が見つけて追跡しています。姫様も今頃、追いかけてらっしゃるのではないですかね。見失うこともないでしょう、これだけ瘴気が多い土地だ。妖魔の目はどこにでもある」

「……まさか、リベア聖爵は領都へ戻ってくるのですか？」

「でしょうね。聖女プリメラが公表してしまったようですから。ベルニアの暴動の原因は、ここだと。まだ課題は終わっていないんでしょう？」

点数目当てにリベア聖爵領に聖女たちが押しかけてくる。もともとリベア聖爵家もその領地も排斥されてきた。そこに課題対象という大義名分が加われば、何をしてもいい悪の集団だろう。すべての根を絶つ鎮圧――虐殺が起こるに違いない。

息を呑んだマリアンヌは、それがわからぬほど馬鹿ではない。

「……その情報は、確かなのですか」

「今の姫様に嘘偽りを吹きこむような度胸のある妖魔がいるとは思えませんね。ベルニアとリベアに瘴気が多いとはいえ、いやはや地上で妖魔をこのように使うとは」

それらをシルヴィアが使いこなして情報を集めていると思うと、楽しくてしかたがなかった。死にかけているあのジジイはお気の毒だ。

自分の娘が花開いた、今この瞬間を観賞できないなんて。

「先にリベア聖爵か、他の聖女たちが領都に辿り着きます。姫様はその少しあとになるでしょう。姫様はリベア聖爵に手を出さないよう妖魔に厳命されておりますので、私はそれに従いますが、あなたはどうします？　聖女マリアンヌ」

話しかけられてマリアンヌがきょとんとした。こういう顔をすると、この聖女様は案外子どもっぽく見える。

その無垢(むく)さに悪意の滴(しずく)をたらすように、スレヴィは耳元でささやいた。

「あなたは街の連中を助けたい。だが、街の連中はリベア聖爵を助けるために動くでしょう。それだと大勢の聖女と敵対することになる。危険ですよ、天気予報しかできないあなたに勝ち目もない。ですが、他の聖女たちと一緒に助けた連中ごと首を斬り落として点数にする道もあります。さて、どうしましょう?」

さあ、次のお楽しみはその選択だ。

極上(ごくじょう)の笑顔で答えを待つスレヴィに、マリアンヌは苦虫(にがむし)を噛(か)み潰したような表情で耳を押さえたまま、しばらく答えなかった。

――リベア聖爵、東ノ橋、昨日、渡ッタ

――聖女モ、タクサン、橋、渡ッタ

――皆、モウスグ、領都

――聖女プリメラ、場所、ワカラナイ、怖イ、祓(はら)ワレル

「危険なことはしなくていいです。特に聖女にはあまり近寄らないように。あぶないと思

ったら逃げてください。あなたたちがいなくなったら困ります」

がたがたゆれる小さな幌馬車は、リベア聖爵領を目指して進んでいる。幌の中では、雨雲のようにシルヴィアの周囲を瘴気が漂っていた。その中に潜む小さな目だけの低級妖魔たちが、話を続ける。

——姫様、優シイ

——俺達、役立ツ？

「とても」

最初はアークを通じてしか出てこなかった妖魔たちだが、一度話しかけると、だんだん答えてくれる者が増えてきた。低級妖魔は特に瘴気と変わらないので、魔力に変換してしまわないよう接触には神経を使う。だがこうしてまとわりつかれると、意外と楽しいし可愛く思えてくるから不思議だ。

「リベアの様子はどうですか」

——住ミヤスイ、快適

カルロスが聞いたらどんな顔をするだろう。皮肉っぽくひとりで笑う。

「ならリベアで魔力の心配はしなくてすみそうですね。……あなたたちは、どうして地上にいるんですか」

――分カラナイ、ココニ生マレタカラ？

「地底……魔界にはいけない？」

――聖女ノ結界、アル、弱イ、浄化サレル

――強クナッタラ、行ケル

「……たとえば、なんですけど。地上に住処があったら助かりますか？」

シルヴィアの質問の意味がわからないのか、小さな目が瘴気の中できょろきょろ動いている。

「あなたたち妖魔、特に低級妖魔は瘴気と変わらないですよね。瘴気に生まれて潜み、ある程度育つと瘴気から出られるようになって、逆に瘴気を発生させたりする。ということは、あなたたちは瘴気を自在に操れる存在とも言えます。だとしたら……」

シルヴィア自身も喋りながら、考えをまとめていく。

「ひょっとしてですけど……地上にも住処……『祓われない場所』を作って、そこに集まってもらって……そう、それで魔界に行き来できるようにしたら……たとえ聖女がいなくても、人間が瘴気に脅かされないようになる、のではないかなと……」

――姫様、話、難シイ

「ですよね。私も確信はないんですが……でも、あなたたちの協力を得て、瘴気を管理できる場所を作れば……」

――姫様ガ作ル？

――妖魔皇ハ？

「言ったでしょう。お父様は今、お休み中なんです。その間のことは私が決めます。不満ならさっさと起きればいいんですよ。……ロゼとアークは無事ですか？」

――無事

ほっとシルヴィアは息を吐き出した。

アークは強いし、ロゼの聖眼もある。ベルニアの領都周辺は今、妖魔たちに集まってもらって――すなわちわざと瘴気を濃く漂わせることで近寄りにくくしてあるが、聖女が祓いにきてもおかしくない。大半の聖女は課題のためにリベア聖爵領を目指しているはずだが、そちらを諦めて細かい配点を狙う者もいるだろう。

何よりルルカがまだ死んでいないとわかれば、サマラが何をしてくるかわからない。

「ベルニア北西の、あの村は今、どうなっているかわかりますか」

――聖女タチ皆、帰ッタ、ザマアミロ

――快適、魔界ミタイ、

――妖魔皇、結界、穴、フサガレタケド、十分キキキ、と奇妙な声を立てて低級妖魔たちが笑っている。
結界。穴。最後にルルカが魔力を使ったことをシルヴィアは覚えている。あれは宝剣が破った結界を閉じるためだったのだ。そしてルルカは力尽きた。
（まずは、リベア聖爵と話をして……）
手順を考えながら、両膝を抱える。大丈夫だ、きっとできる。うまくいく。
——姫様
シルヴィアの周囲を、ふわりと瘴気が回った。
——聖眼、使ウ？
「いいえ。今使うとあなたたちが消えてしまいます」
——俺達、姫様、食ワレテモイイゾ
びっくりしてシルヴィアは瘴気の中に見え隠れする小さな目を見返す。にっと笑われた気がした。
——姫様、強イ
——姫様、美シイ
——吸ワレテ、ヒトツ、ナル、至極恐悦（しごくきょうえつ）
「難しい言葉を知ってますね。でもそれはいざというときだけです。リベアについたら、私の周囲から逃げてくださいね。他の妖魔にもそう伝えてくださいね。どんなに瘴気が溢れても、ふらふら近づかないようにと」

——妖魔皇、冷タイ

——姫様、優シイ

苦笑した。

「お父様が目をさましたら注意しておきます。もっとあなたたちを大事に扱うようにと」

——姫様、リベアノ橋、壊レタ！

御者台の隙間から飛びこんできた小さな妖魔に、シルヴィアは顔をあげた。

——聖女達、橋、燃ヤシタ！

「リベア聖爵を逃がさないようにですか。あるいは後続を断つために」

どうしてこう、後先を考えないのだろう。リベアとベルニアの復興など考えず、見捨てるなら効率的な足止めにはなる。だが、またそれが次の怨嗟を生むのだ。これもマリアンヌが常々警鐘を鳴らしている皇帝選の弊害だ。

嘆息して、シルヴィアは御者台のほうへ身を乗り出した。危険地帯に向かっているので、御者など当然いない。

それでも馬車がありえない速度を出し目的地に走っているのは、妖魔馬さんが魔界からきてくださったからである。おそるおそる瘴気の中で呼びかけてみたら、飛び出てきてくれたのだ。有り難いのだが、アークに「さすがです、上級妖魔を召喚するなんて！」と親指を立てられて、踏みこんではいけない一線をこえてしまった気がした。

「川って渡れます⁉　けっこう大きな川なんですけど！」

ヒイィン、と立派な嘶きが返ってきた。おそらく、肯定だろう。妖魔馬が瘴気を振りまいて力強く駆け出す。速度があがる。外套が吹き飛ばされそうな勢いだ。

――姫様、俺達、ココマデ

――バイバイ

「ありがとう、また会えたらお願いします！」

瘴気も追いつけない速度だ。どんどんうしろに流されていく瘴気を眺めていると、突然黒い尻尾が伸びてきてシルヴィアの腰に巻き付いた。妖魔馬の尻尾だ。何かと思っていたら、小さな幌馬車の引き綱をつけている鞍に、ぽすんと座らされる。そして背後で速度と衝撃に耐えられなくなった幌馬車の車輪が吹き飛び、最終的に幌馬車が分解された。

「……魔力で馬車を守っておかないといけないんですね、あなたに頼む場合」

以前、妖魔馬の牽く馬車に乗ったときはゆれはしたが、馬車は壊れなかった。同乗していたルルカが守ってくれていたのだろう。

知らないところでたくさん守られていることは知っていたけれど、今はそれを知るたびに心臓が痛む。

（あれ、でもゆれからも守れたのでは？）

心臓の痛みが唐突に止まった気がした。偶然かもしれないが、つい半眼になる。

視界が大きくゆれた。妖魔馬が森を抜け、丘から飛び出したのだ。上空を舞うような高さから広がるシルヴィアの目に、平原の緑とその向こうの大河の青が映る。だがその色は、どんよりと重たい。空も薄暗く、じっとりしている。遠くでうっすら黒い煙があがっているのは、聖女たちが燃やしたという橋がある方向だ。

湿っぽい平原をまっすぐ、助走するように妖魔馬が駆けていく。この調子で川面も走ったりするのだろうか。妖魔馬が川面に向けて跳躍した。

が、ぐるんと尻尾が今度は足首に巻き付く。

「え――え⁉」

ぐるぐると投げ縄のごとく、尻尾で体を振り回された。まさか、と思ったら勢いよく川の向こう目がけてぶん投げられる。

「けっ――結局、それですか⁉」

仕事は終わったとばかりに、高らかに鳴いた妖魔馬が、空中で霧散した。まさか魔界に帰ったのか。なんて無責任な。川をこえればリベアの領地だが、領都まではまだ距離がある。いやそうじゃない、その前に川だ。こえられるのか。

ものすごい速度で岸が見えてきた。なんとか届くかと目算したところで、今度は岸で待ち構えている影にシルヴィアは頬を引きつらせる。

シルヴィアの視線を受けて鳴いたのは、かつて大変お世話になった妖魔熊さんだ。

なお、呼んでいない。

「グオアアアァァァア！」

吼えた妖魔熊がシルヴィアをがっちり受け止めた。

「な、なんで、いるんですか⁉」

「グアアアァァァァァ！」

わかっているとばかりに叫んだ妖魔熊が、その背にシルヴィアを乗せて駆け出す。どうも行き先は察しているらしい。これが妖魔の情報網なのか。シルヴィアは何も聞いていないのだが、大丈夫だと信じるほかない。

橋を渡ったカルロスや聖女たちは、もう領都に到着していてもおかしくない。スレヴィとマリアンヌがいるが、衝突すれば犠牲が出るのはさけられない。できればその前に止めたいのだ。カルロスと交渉するためには、リベアの領民が必要だ。もちろん、宝剣も渡すわけにはいかない。

全部シルヴィアが手に入れないと、望む未来はこない。

「リベアまでこのまま走れます⁉」

「グオォン！」

妖魔熊が力強く応じてくれる。だが、ありえない首の曲がり方でこちらを振り向かれるのは、やっぱり怖かった。

もはや身を隠して進むような余裕はカルロスたちにはなかった。聖女プリメラがベルニアの暴動の原因をリベア聖爵領だと暴露したのだ。確実に領都が狙われる。そこには自分たちが守りたいリベアの領民たちがまだいるのだ。

聖女たちはリベアの領民を救わない。瘴気に慣れた人も、土地も、聖女にとっては救うに値しないだろう。もし少しでも憐れみをかけてくれるような連中なら、そもそもこんなことにはなっていない。言い訳じみているが、カルロスたちの中では真実だ。

（だが、どうやって戦う）

ついてきてくれた皆で無言の行軍をしながら、ずっとそれを考えている。視線が下に落ちるたびに、腰に佩いた宝剣が目に入った。

　これを堂々と希望にして凱旋できればよかった。だがこの宝剣は、いきすぎている。

　銀の輝きを取り戻した宝剣は、光には必ず影がつきまとうように、振るうと瘴気が溢れ出す。課題になったときの比ではない。

　しかもその瘴気は、使い手にも及ぶのだ。柄を握っていただけでカルロスの両手は真っ黒になり、しばらくしびれが取れない状態だった。今は鞘代わりに刀身も柄もすべて布でくるんで包帯で縛りあげ、気休めに瘴気を持続的に浄化する魔術を施している。直に触れなければ瘴気の放出は控えめですむのは、不幸中の幸いだった。それでも半日と持たず、布を真っ黒に染めてしまう。

　これは妖魔皇の心臓と同じ、瘴気を振りまく凶器だ。使い手は瘴気に侵蝕されて正気を失うのが関の山。しかも使えば、瘴気が蔓延り妖魔が跋扈した千年前にこの世界を戻しかねない。

（ひょっとして地底と地上の結界を、斬れるのでは）

　こんなもの、脅しにしか使えない。しかも世界を賭け金にする命懸けの脅しだ。交渉に使う方法を何度も考えてみたが、落とし所が見つからない。

　しいていうならば、覇道のための剣だ。もしこれを救いの方法にしたいなら、リベアは世界を相手に戦うことになる。

だがそんな希望を、滅びを、カルロスはほしかったわけではない。

「殿下、もうすぐ街です。……殿下？」

橋を渡ったあたりで馬を潰してしまったので、今は徒歩だ。カルロスが足を止めると、皆が足を止める。

ずっと噛(か)みしめていた奥歯をゆるめ、カルロスはついに尋ねた。

「この宝剣を、持ち帰るべきだと皆は思うか」

上に立つ者としてあるまじき質問だ。動揺(どうよう)と戸惑いがさざ波のように広がる。カルロスは自分で自分を殴(なぐ)りつけたい気分になった。だが、どうしても判断がつかない。

覚悟が決められない。

「まもなく……いや、既に聖女たちが領都で待ち構えているかもしれない。そこにこれを持ちこむのは、逆に皆を危険にさらすのではないか」

「ですが、もはや我々にはその宝剣以外、希望がありません」

きっぱり答えるヨアムや頷(うなず)いて同意を示す者たちのほうが、覚悟を決めている。ここにきてひるんでいるのは、号令を出すカルロスだけだ。情けなく思う。だがそれでも、口は止まらない。

「……私は、滅び方なら選べるとは思った。覚悟もした。だが、皆にこんな滅びを迎えさせたかったわけではない」

「おや、今になって怖じ気づきましたか」

「誰だ⁉」

身構えた兵が剣を抜こうとする。周囲に濃い瘴気が漂い出す——まさかと腰に佩いた宝剣を見たが、まだ布は白いままだ。それで妖魔の魔力だと気づく。

カルロスは声のした頭上を振り仰いだ。

木の枝に優雅に足を組んで腰かける男性がいた。木陰に隠れて見えないが、美しい所作と顔立ちだとわかる。何よりそこから瘴気が漏れ出てきている。

「その宝剣にそんな価値が隠されているとは私も知りませんでした。まぁ私も瘴気と変わらぬ低級妖魔の時代でしたからね。とはいえ……世界を魔界に変える気概がないのであれば、あなたがたの手に余る代物でしょう」

「宝剣を奪いにきたのか⁉」

「誰が口をきいていいと言った、人間」

冷たい声に、兵のひとりが震え上がる。カルロスは小さく首を振って皆を制し、前に出た。人間の器を持つ、上級妖魔だ。瘴気に、妖魔に慣れているからこそすぐさま見分けられる。機嫌を損ねれば死ぬ相手だ。

「豚のような悲鳴をあげて逃げ出さないあたり、まだ妖魔に理解があるようだ。安心してください、殺しにきたわけではない。不本意ですが、私はおつかいなのですよ」

そう言って妖魔が地上に足をおろした。

艶のある黒いフロックコート、こんな山中でも磨き上げられた革靴。汚れのない真っ白な手袋をした手を胸にあて、恭しく頭をさげられる。

「スレヴィと申します。カルロス・リベア聖爵はあなたですね」

柔らかい物腰に少しほっとして、カルロスは頷く。だが次の言葉に凍り付いた。

「我らが主、妖魔皇が大変お世話になったとか。——ああ、顔を青ざめさせる必要はありませんよ。私は感謝すらしている」

「か、感謝……貴殿らの主を害したのにか」

「妖魔の忠誠は人間とは違いますよ。まず人間ごときがよくやった、というのが一点」

わざとらしく両手でぱん、ぱん、と叩かれた。拍手のつもりらしい。

「何より姫様の成長をうながした点で、満点です」

息を呑んだ。

養父の心臓を目の前で貫かれた少女の顔は、まぶたの裏に焼き付いている。あの村は瘴気が蔓延し、誰も近づけないと聞いた。そのせいで、まだあそこで少女が父親の亡骸を抱いている気がしてならない。

だが、手に入れた結果を思うと、余計に罪悪感がこみあげる。

「そんな顔をなさらずとも、姫様はもうすぐこちらにおいでですよ」

「……無事、なのか。そうか……目的は父親の仇討ち、か」

――そういう終わり方なら、受け入れられそうだ。無責任だけれども。

ヨアムが慌てる。

「カルロス殿下、まさか受け入れるおつもりですか」

「もう殿下と呼ぶな。私はそんな器ではなかったのだ」

ああ、とスレヴィと名乗る妖魔が納得したような声をあげた。

「殿下というのは、もしこの国が世襲制なら、初代皇帝の末裔であるあなたが皇帝になるはずだから、ですか？」

「……そうだ」

ヨアムたち――特にリベアの口伝を信じ、ベルニアの扇動までつきあってくれた者たちは精一杯の矜持と希望をこめてそう呼ぶ。

「なるほど。皮肉なものです。あなたと宵闇の君は、異母兄弟――さすがにそう言うには離れすぎですかね。とはいえ、親戚ではあるわけですか」

「……私と、妖魔皇が？」

「片方に残された宝剣で、片方の心臓を刺せば、宝剣がかつての姿を取り戻す。……何かの符合のようで興味深いですが、今は時間がありません。本題に入りましょう。先ほど、リベアの街は聖女たちの軍勢に囲まれました。一歩遅かったですね」

今までの悩みや憂いが吹き飛ぶ情報だった。皆も顔色を変える。

「今は私の……非常に不本意ですが、定義が難しいのであえての表現です。そこをお忘れなく。私の聖女が食い止めていますよ」

「……君はひょっとして、聖女マリアンヌの皇帝候補か？」

妖魔を皇帝候補にしている聖女は、三人しかいない。一番有名なのは、聖女シルヴィアの皇帝候補である妖魔皇。それと一緒にいる聖女ロゼの皇帝候補は妖魔に取り憑かれた少年で、聖女マリアンヌの皇帝候補は上級妖魔の青年だ。

「あの天気予報女も少しは有名になったようだ。まあそういうことです。あなた方は瘴気に慣れていると聞きました。なので、あなた方を瘴気に隠して街へ入れます。よろしいですね？」

「た、助けてくれると……？」

「ええ、その程度なら。あなたと宝剣を誰にも渡すな、と姫様にも命令されています。低級妖魔より能なしなのかなどと、あの天気予報女に言われっぱなしもむかつくので」

いきなり物騒になった口調に、カルロスはまばたく。

「とはいえ、それ以上の助けは望まれても困ります。ご不満なら、聖女たちの包囲網(ほういもう)にどうぞ突撃なさってください」

「……宝剣を渡す必要はないんだな？」

念のための確認に、スレヴィは少し考えたあと、ぽんと手を打った。

「ああ、確かにそういう交渉もありますね。でもあいにく私は魔界と自由に行き来できるので、宝剣に興味はありません。薄汚い人間に魔界を荒らされたくもない」

「……やはりこれは、結界を――」

「あくまであなたと宝剣をお望みなのは姫様ですよ。ああ見えて強欲なのです、我らが妖魔の姫は」

興味がないというように推測を遮(さえぎ)られた。だからこそ答えを得た気がして、カルロスは唇を噛む。

あの少女は、自分の命ひとつで許してくれるだろうか。確信はない。

「さて、そろそろ行きましょうか」

「ああ、他の者を頼む。……私は、別行動だ」

「は？」

「カ──カルロス殿下！」

そう呼ばれる重みから逃げ出すように、カルロスは駆け出した。遅れて他の者たちが追おうとするが、速力に補助をかけたカルロスには追いつけまい。一番やっかいな妖魔は、ぽかんとしている。カルロスの行動が理解できないのだろう。

だが、宝剣は渡せない。領都に持ち帰ってもいけない。万が一、他の聖女に渡ればリベアは確実に滅ぶ。

だったら、ひとりで抱えるべきなのだ。

リベアの入り口である外壁が見えた。たくさんの馬車が停まっている。兵を大勢従えて聖女や皇帝候補たちがひとりの聖女──マリアンヌに詰め寄っていた。

「ですからリベア聖爵を出せと言っているのです！」

「いないと先ほどから言っているでしょう！　それになんですあなた方、こんな大勢で街を取り囲み、武器を向けるなど聖女の風上にもおけない！　ここには平和に暮らしたい領民たちがいるだけですわよ」

そうだ、とマリアンヌのうしろで憤(いきどお)っているのは顔見知りの領民だった。壁の陰に隠れて、カルロスはまばたく。

　まさか自分たちを攻めるのではなく、救うために彼女は戻ってきたのだろうか。

「わ、我々はこの町を救いにきたのだ！　瘴気を浄化しに」

「それならば私がすませました！」

　彼女の言葉を、領民たちは誰も否定しなかった。本当なのか、とカルロスは固唾を呑んで様子をうかがう。

「瘴気の浄化も、領民の治療もすべて完了しております！　あなたがたは残念ながら出遅れたのです、お引き取りくださいな」

「リ、リベア聖爵がベルニアで暴動を起こした原因だ！　こいつらもその一味、粛清が必要だろう！」

「あら。点数がさがってもよろしいの？」

　ふふんと挑発的に笑う聖女に、周囲が動揺した。

「無辜の民に手を出すのは、減点対象ではないかしら？」

「そ、そんな小さな犠牲を皇帝選が加味するわけがないだろう、いちいち」

「聖女シルヴィアが減点されていることをご存じない？　何が皇帝選の判定に響くかなんて、誰もわからないでしょう。特にここが課題の解決場所だというなら、なおさら慎重になったほうがよろしいのでは。これは善意での忠告ですわよ?」

「何をえらそうに……天気予報しか視えない聖女が!」

「それでも彼らは救うべき民であることくらいわかるでしょう、誰にでも!」

凛とした声は、とても強く、よく通った。

「確かに彼らは暴動の一因なのかもしれません。ですが、それは救われたいが故のことです！ その間違いを正せず、何が聖女か!」

悔しさに歯噛みする男の、涙をにじませる女の、ふがいない大人たちをにらむ子どもたちを守るように、聖女が裾をさばき前に出る。

「どうしてもここを押し通るならば、私と私の皇帝候補がお相手します」

あのひねくれた上級妖魔が、この聖女のそばにいる理由がわかる気がした。

妖魔は強く、美しいものが好きだという。そして背筋を伸ばした聖女は、泥の中で輝く宝石のように、強く、美しい。

(よかった)

これで自分ひとりで滅びる決心ができた。鞘がわりの布を剝ぐ。

「……っお待ちください、カルロス様！ 何をお考えで」

うしろから追いかけてきたヨアムたちを振り切るように、カルロスは陰から飛び出す。

「全員、動くな！」

滅びを呼ぶ銀の宝剣を、引き抜いた。

皆の視線が一斉にこちらに向く。追いかけてきた者たちも、聖女マリアンヌとその背後にいる者たちも、動きを止めた。

獲物を狩るために覚えたのは弓だ。だから剣は得意ではないと悟られぬよう、堂々とかまえる。警戒してくれているのはまだ少数だ。それを全部にする必要がある。

宝剣からにじみ出した瘴気が、柄を握ったカルロスの指の間にぬるりと這う。手に取った生き物を瘴気で搦め捕ろうとしているのだ。持ち続けていれば操られるのか、正気を失うのか。いずれにせよ、ろくなことにならないと想像できる。

（少しだけでいいんだ）

冷や汗も脅えも隠せ。大丈夫、はったりは得意だ。

「これこそ聖女リベアが隠した秘法。ベルニアの村をあんなふうにした、初代皇帝の宝剣だ。大聖女サマラから聞いた者もいるだろう？」

ベルニアで瘴気に侵蝕された村のことは、全員知っているはずだ。大聖女サマラの名前を出せば、信憑性も増す。顔色を変える者、ひそかに指示を出そうとする者。にやりとカルロスはゆがんだ笑みを浮かべる。

「この剣は、地上と地底を分けた結界を破る力がある。意味がわかるか？　世界は今から千年前に戻るんだ」

力に溺れ、正気を失った聖爵のように。

「私は聖殿に、この国に宣戦布告する！　我らリベアを排斥し、侮り、見捨ててきた今世の聖女たちよ。報いを受けろ！」

これで課題の排除対象は、わかりやすく、自分ひとりになる。

カルロス様と、誰かが悲痛な声で叫んだ。振り向かずに、ただ剣を振るう。その剣筋は瘴気の風になって、地面をわった。悲鳴があがり、聖女たちの体勢が崩れた。こちらを向いて真っ先に叫んだのはマリアンヌだ。

「おやめなさい！　街がまた……っ」

「我が領民たちは瘴気には慣れている！　脅える者などいない！」

「――っスレヴィ！　聖爵を止めなさい、あのままでは彼が瘴気に呑まれる！」

ここで討たれるのは駄目だ。どこかの山奥にでも逃げて、聖女たちを領都から引きはがすのだ。そこで討たれれば、リベアは救われなくとも見捨てられたままでいられるかもしれない。この土地にもう住むことはできなくても、逃げる時間だって稼げる。

だがそんな奇跡めいた綱渡りができるなら、自分たちはとっくに救われていた。

走ろうとした。なのに、足が動かなかった。ぐるりと踵を返し、ぐんと腕が勝手に思わぬ方向へと動く。こちらに襲い掛かってきたスレヴィの短剣をたやすく弾き飛ばした。

スレヴィは驚いているが、それはカルロスもだ。

足が影に縫い付いたように動かない。腕はもう、肘をこえたところまで炭化したように服ごと真っ黒に染まっていた。

「……殺すしかないか」

表情から余裕を消したスレヴィがつぶやく。

違う、まだだ。遠くにひとりで逃げるのだ。そして、領民たちが逃げる時間を稼いでから――その願いを嘲笑うように、カルロスの意志と関係なく、銀色の剣が大きく振り上がった。

銀の輝くリベアの宝剣が、地面に突き立てられた。

地響きにシルヴィアは顔をあげた。リベアの領都のほうだ。目を細めた瞬間に、瘴気の柱が屹立する。

まさか誰かが宝剣を使ったのか。十分、考えられる展開だった。追い詰められたリベアには、それしか手段がない。

「妖魔熊さん、急いで！　リベアが滅んだら困ります！」

吼えた妖魔熊が、聖女たちの野営地に突っ込んだ。馬車を蹴散らし、踏み台にして空高く飛ぶ。おかげで状況が視認できた。

瘴気が噴き上がったのは、リベアのぼろぼろの外壁から少し離れた場所だった。聖女たちの軍勢が隊列を乱し、逃げ惑っている。果敢に浄化に挑む聖女も何人かいた。だが追いつかないだろう。

「私をあの瘴気が噴き出てるところに、って――」

足首がつかまれ、また上空でぐるぐる回される。当然のように、投げられた。

妖魔はあれか。姫様をボールか何かだと思っているのか。

それもこれも妖魔皇の教育が悪いからに違いない。絶対に苦情を言おう。そして認識を改めてもらう。

今まで妖魔皇の娘だ姫だなんて、あまり誇りたくはなかった。

だが今からシルヴィアは父親がくれた肩書きをすべて背負うと決めたのだから、無責任ではいられない。

瘴気の柱に背中から突っ込む。中は竜巻のように瘴気が吹き荒れていた。方向がめちゃくちゃで、勝手に体が宙に浮く。

なんとか目を凝らすと、中心でうずくまっている人物が見えた。いやうずくまっているのではなく、宝剣をなんとか押さえようとしているのか。噴き上がる瘴気を正面から浴びて、全身が黒ずみ始めている。

「カルロス様！」

残っている明るい金髪が、動いた。半分薄汚れた顔が持ちあがる。

「シルヴィア、嬢……仇討ちには、遅い、ようだ……私は」

「宝剣を渡しなさい！　いいえ、まずは、手を――っ」

早く本人から瘴気を吸い上げないと、カルロスが死んでしまう。瘴気の風に吹かれながら手を伸ばすと、カルロスは小さく首を振ったようだった。

「私が死ねば、おそらく、これは止まる……頼む、せめてリベアの領民を逃がし……」

「リベアを私によこしなさい！」

叫んだシルヴィアに、カルロスがもう一度顔をあげた。でも表情が読めない。

「私に問いましたね。皇帝選に挑む理由です。私は自由が欲しい。妖魔皇の心臓を持っている私でも普通に暮らせる場所が、国がほしい！　あなたと同じです！」

指先が届かない。それでも伸ばす。届けるのは言葉だけではたりない。

「お父様は私に国をくれると言いました。なのに、あなたは刃を向ける相手を間違えたんです。その責任を取りなさい！」

「……せきに、ん」

「あなたが私に跪かないと、リベアの領民たちは従わない！」

どこかうつろだったカルロスの目に、驚愕が浮かんだ。

「取引です、カルロス様。私に従い、ここを妖魔皇の領地として人間と戦い生き延びさせるか！　このまま人間に滅ぼされるか」

「だ、だが、いくらあなたが姫とはいえ、肝心の妖魔皇は、私が……」

「お父様は今から私が生き返らせる。——っ邪魔を、するな！」

瘴気の風が邪魔だ。周囲の瘴気を吸い上げ、魔力に変換する。聖眼を起動した。魔力を消費しないと、瘴気が蓄積しすぎてシルヴィアも死んでしまう。

「あなたも、賭けにつきあってもらいます」

まだ聖眼はリベア聖爵が力尽き、瘴気がリベア聖爵領すべてに広がる未来を指し示している。未来が変わらない理由は簡単だ。

カルロスが手を伸ばさないから。シルヴィアを信じないからだ。

「私と一緒に、聖女と、人間と戦う覚悟を決めなさい！　私は、皇帝選に勝って、妖魔皇を皇帝にする――その未来を自分で選びなさい、カルロス・リベア！」

「……っだが、うでがもう、動かな……私はいいから」

誰かがシルヴィアの背中に突っ込んできた。まったく意識してなかったシルヴィアの体は衝撃をもろに受けて、カルロスの方へ勢いよく飛んでいく。

振り向くと、瘴気の竜巻に呑まれるヨアムが見えた。死ぬとわかっているはずだ。なのに、満足そうな笑みを浮かべている。

「どうか、聖女シルヴィア……カルロス、殿下を」

ヨアムの笑みが、体が、瘴気の竜巻に呑まれて分解されるのは、あっという間だった。

同じものを見たカルロスが絶叫する。

唇を噛(か)みしめて、シルヴィアはカルロスに抱きついた。未来を変えたのは彼だ、自分じゃない。

妖魔皇の娘としても、聖女としてもなんて無力なのか。

未熟さを奥歯を嚙みしめて、呑みこんで、カルロスの体から瘴気を吸い上げる。気力と体力が尽きたのか、カルロスは静かに倒れた。

でもそれだけではたりない。

（お父様）

自分の力不足を知るのはつらかった。託される願いも重かった。今まではルルカがそれをさりげなく横から支えてくれていたのだろう。

いつまでもそうしていられないのはわかっている。大人になるというのは、そういうことだ。

でも今はまだ、少しの間だけしか背筋を伸ばして立っていられないから。

まだ瘴気の竜巻は止まらない。地面に突き刺さった宝剣の柄をつかむ。

吸い込んだ瘴気をすべて心臓に捧げる。破裂しそうなほど鼓動がうるさい。でも胸が痛いのは、そのせいじゃない。

さあ、この瘴気をすべて妖魔皇の心臓に作り替えろ。

すべてを願いどおりにはできなくても、今よりはましな未来が待っている。


動いた聖眼の数字に、ソファに寝転がってカードゲームに興じていたプリメラは体を起こした。

ものすごい勢いではね上がっていく数字の回転に、にんまり頰(ほお)がゆがむ。最後にベルニア聖爵家で起こる暴動を止めろ——という課題が消えたところで、たまらず歓喜の声をあげた。

「どうしたの、プリメラ。何かあった？」

部屋の隅にあるソファで何やら熱心に鎖に魔術を描き込んでいたジャスワントが、顔をあげる。

「あったあった。さっすがお姉様、あっという間の二位！　天気予報女も、三下聖女も順位一桁に返り咲き！」

「え？　じゃあ……脱落しないいんだね、シルヴィア」

「はっははは、ざまあみろ、あのババア！　あーこれでうるさい奴も減るよ」

ちらとプリメラが見た部屋の扉では、どんどんとまだ誰かが戸を叩いている。村の瘴気を祓えという父親の苦言から、どうかお助けをという要請まで様々だ。いちいち相手にしてられないので、扉はジャスワントの魔術で封印してある。

「じゃあ今は君が一位で、シルヴィアが二位か。さすが聖女ベルニアの血筋……でもやっぱり気になるなあ、口伝の内容。でも、ベルニア夫人はあの状況じゃ死んじゃっただろうし……あぁ、本当に惜しいことしちゃった……」

「どうせ宝剣を復活させる方法でしょ？」

「それはリベアの口伝だよ。ベルニアの口伝、なんだったんだろう……」

ジャスワントはぶつぶつ言っているが、プリメラは放置を決め込んだ。確かに何かしらあるようだが、そんなもの自分には関係ない。

姉は皇帝選から脱落せず、返り咲いた。これはまだプリメラとの勝負が続くことを意味している。

皇帝選は続く。楽しみだな、とプリメラはまた寝転がって笑った。

＊

さわやかな朝の目覚めだった。すっきりと体も軽い。

ただ、まったくこの場所に覚えがない。しかもなんだか記憶も曖昧(あいまい)だ。

（俺は、どうしたんだったか……）

寝転んだまま身動きせず、ルルカは考えてみる。うーんと唸(うな)って思い出した。最後に見たのは、ぐちゃぐちゃになった愛娘(まなむすめ)の泣き顔だ。

がばっとそのまま上半身を起こす。誰か、と呼ぶ前に、ふわりと窓に向かって瘴気が流れていった。

低級妖魔が潜んでいるのは気配でわかる。こんな街中で——何より、自分の近くにいるなんて珍しい。呼びつけでもしない限り、弱い妖魔は強すぎるルルカをさける。

――妖魔皇、目、覚マシタ
――姫様、報告
「なんだと？」

声に出すと、ぴゃっと驚いたように一目散に妖魔が逃げ出す。瘴気も風のように消え去ってしまった。どうもひそひそ喋ってていたつもりらしい。失敗した。

だがそれよりも今、驚くべきは、低級妖魔たちが姫様と呼んだことだ。

心臓が動いていることからして、娘はうまくやったのだろう。瘴気を魔力に変換する体質と半分残ったルルカの心臓を使い、ルルカの心臓を再生する。手間はかかるだろうが、今のシルヴィアならできるはずだ。心配だったのは、あの取り乱しようからしてそこに考えが至るかどうかだった。地上で心臓を再生できるだけの魔力を得られる瘴気を用意するにも、時間も相当かかるはずだ。

だが、あれからそう時間がたっているとも思えなかった。何より、ルルカのそばに娘の姿がない。飛びこんでもこない。

何かルルカの思わぬ方向に、事態が進んでいる気がする。

いったいどうやってシルヴィアは自分を助けたのだろう。

「ルルカ様、お目覚めですか！」

妖魔から聞いたのか、今度はアークが部屋に飛びこんできた。

ああ、とルルカは寝台から床へ足をおろす。裸足(はだし)だ。よく見れば着ているのも、どこかの病院で入院患者が着ていそうな粗末なものである。

「体調は？　どこかおかしなところは？」

「問題ない。悪いがまず着替えを持ってきてくれないか」

「オー、ウマクヤッタンダナ、姫様」

アークに取り憑(つ)いているナイツがそう言った。が、ルルカの視線を受けるとすぐ引っこんでしまう。

ナイツは娘にそんなに敬意を払っていただろうか。もちろん、ルルカの愛娘だとは理解しているはずだが、姫様と自ら呼ぶことは少なかったはずだ。

首をかしげながら、ルルカはアークが出してくれた着替えを手に取る。とにもかくにも状況確認が先だ。

「俺はどのくらい寝ていた？　今、どうなっている。俺の娘はどこに？」

大きく頷(うなず)き返して、アークが説明のために口を開く。

どこか誇らしげなその理由を、ルルカは衝撃と共に知った。

＊

瘴気を祓われた空は青く、澄んでいた。川の水もきらきら輝いて日の光を弾いている。

そして今日もシルヴィアの心臓は動いている。

「やあ、おはよう姫様」

「カルロス様……姫様はやめてくださいと、何度も言ってますが」

農作業中なのか、麦わら帽子をかぶり、手ぬぐいを首に巻いたカルロスが笑う。

「そうはいかないだろう。リベア聖爵家はあなたにくだった。この領地もすべてあなたのもの。今やあなたは我らリベアの姫様でもある」

「……そうかもしれませんが、まだお父様の許しをいただいてませんし」

ベルニアにいるルルカが目覚めたという報告はまだ受けていない。おや、とうしろからついてきたスレヴィがわざとらしく声をあげる。

「まさか姫様、妖魔皇からこの者たちを守るつもりがない？　いけませんね、戦ってでも守らなければ」

「あなたは何を期待してるんですか。もちろん説得はします。でもお父様はつかみどころのない方ですし……」

「脅せばいいのですよ。誰が助けてやったと思っている、と」

それはそうなのかもしれないが、時間がたてばたつほど不安は募る。

課題が終了し、シルヴィアが今までの失点を取り返す高得点を得てから、もう十日がすぎていた。

とはいえ、シルヴィアの体感ではまだ三日ほどだ。三日三晩宝剣から噴き出る瘴気をすべて吸い尽くし、ルルカの心臓再生に使ったあと、倒れたからである。

初日で瘴気の竜巻は消えたが、その頃にはもう聖女たちは逃げ出していた。おかげで心臓の再生のみに集中できたが、宝剣から離れられないシルヴィアに、マリアンヌや目覚めたカルロスとリベアの領民たちが交代で水と食料を差し入れてくれるという、持久戦にもつれこんだのだ。スレヴィが「なんと美しくない」と嘆いていた。

とにもかくにも三日三晩耐え抜いたシルヴィアは、使い果たした体力と魔力を取り戻すように今度は三日間、眠り続けた。目をさますととっくに課題は終了、思ったとおりリベアを救ったことでベルニアの暴動に終止符が打たれ、皇帝選の脱落は回避されていた。

狙いどおりリベアを滅ぼさず暴動を回避したことで、宝剣を浄化しリベアを助けてしまった減点分も取り戻し、順位は二位。元の一位には返り咲けなかったが、一位はプリメラだ。シルヴィアが減点されている間も何かしら動いていたのだろう。

　プリメラはリベアが原因だと見抜いていた。シルヴィアが追いつく前に課題に割り込み、カルロスやリベアの領民たちを粛清したあと、宝剣を破壊する道もあったはずだった。だが何を思ったか、それをしなかったのだ。

（……恩、というほどでもないけれど、借りを作った気分）

　そして起き上がってみると、カルロスに説得されたリベアの領民たちはシルヴィアを妖魔たちと同じように『姫様』と呼ぶようになっていた。

「どうですか。今年の冬はもちそうですか」

「ぎりぎりですね。でも瘴気がこちらにこないとなると、それだけで農作業に集中できます。特に川に魚が早々に戻ってきてくれたのは嬉しい誤算でした。あとは妖魔の宝石採掘が本当にありがたくて」

「あまりあてにしては駄目ですよ。量は決めてますので」

「わかってます、そのあたり姫様がしっかり止めておられることは」

　リベア聖爵家は妖魔皇の地上の領地になることを承諾した。当然、領地の一部は妖魔たちの住処となる。そこをまず、シルヴィアは宝石が採掘できるという鉱山に決めた。もともと瘴気が濃くて未踏の地になっている場所だ。妖魔は美しいものが好きなので、宝石も好む。喜んで皆、集まっているらしい。

そうすると人間側は瘴気が濃くて採掘は不可能になる。なので、妖魔たちにほんの少しだけでいいから、原石を人間にわけてやるように命じた。

妖魔皇から領地経営をまかされたカルロスに納められる。税みたいなものだ。そのかわり、カルロスたちリベアの領民たちは宝石鉱山の瘴気に手出しをしない。今後、リベアから聖女が生まれてもだ。

もし約定に反しようものなら、妖魔皇、あるいは妖魔たちから粛清を受けるという取り決めである。

「他にも色々細かい詰めが必要ですが……まずは、土地を回復させないといけません」

「ああ、それなら大丈夫ですよ、きっと。ほら」

カルロスが指さす先で、おーほほほと元気な高笑いが聞こえた。言わずもがな、マリアンヌである。

「盲点でしたわ！　土地を浄化……っ意外と点が入る！」

「……なるほど、確かに希望は持てますね」

「でしょう。口伝を信じるよりも、よっぽど具体的な希望ですよ。よかった……これで死んだ者も報われる……本当に助かりました」

「……助けようと思ったのは、あなたが信じるに値するひとだったからです」

そう言ってシルヴィアはカルロスに向き直り、頭をさげた。

「お母様を、お願いします」

「本当に、ベルニアに戻さなくていいんですか?」

「暴動が終わったとはいえ、ベルニアにはあなたのような領主がいない。しばらくは落ち着かないでしょう。できるだけ急ぎますが……口伝の件もありますし」

「そういえば、まだあなたに口伝をお伝えしていなかった」

ぱちりとシルヴィアがまばたくと、カルロスが苦笑した。

「娘から娘へ、ですから。リベアの口伝をお伝えすべきでしょう。ベルニアの口伝は、どうされますか」

そう尋ねるカルロスの視線が、少し遠くへと向かう。今、シルヴィアの母親――ベルニア夫人はリベア聖爵家の屋敷にいる。火事の影響か、以前より更に現状把握が困難になっているようだった。今はベルニアが大変で、リベアに世話になっているのだと教えると、素直に納得してくれた。

面倒をみてくれている者たちも、いいひとばかりだ。きっとシルヴィアがそばにいるよりも、いい。

「……いつか、普通に話せる日がくれば、と思いますけれど……」

話したい。そう思えるようになる日がくるまでは、離れるべきだ。まだシルヴィアはそれほど大人になれない。もしかしたら、一生。

「それを待つような時間は私にはありません。教えてください」

「では、宝剣を奉納してある廟堂へ参りましょう。誰が聞いているかわからない」

頷いたシルヴィアは歩き出したカルロスに続く。マリアンヌに捕まったスレヴィはうんざりした顔で、手伝いへと向かった。

宝剣は再び銀の輝きを失い、鉄の剣に戻っていた。壊すことも考えたが、妖魔皇の心臓を再び貫かない限りは、ただの鉄の塊である。それよりは、リベアの領民たちのために元に戻すほうを選んだ。思ったものとは違えど、この宝剣はリベアが代々大切にしてきたものだ。それを安易に奪うのはよくない、と思った。自信はないけれど。

石で作られた廟堂は古く、静かだ。祭壇の上に、鉄の剣がはめ込んである。鍵は古いが、魔術付きだそうだ。

「ではリベアの口伝と、ベルニアの口伝を」

カルロスの声が、宝剣の前で朗々と響く。

——リベアの末裔よ。宝剣の価値を隠せ。救いを求めるなら、聖女ベルニアが隠したものを刺し貫け。

——ベルニアの末裔よ。妖魔皇の心臓を隠せ。救いを求めるなら、聖女デルフォイが隠したものを守れ。


そう思いがけない情報ではない。リベアの口伝はカルロスの行動と情報から予想できたし、ベルニアに至っては肩透かしだ。もちろん、デルフォイの隠したものは気になるけれど、いったいこれは末裔に何を残そうとしたのか、それがわからない。

けれど、今回の騒動とこれまでの周囲の動きで、ひとつ共通点がある。そして同じような構文で始まる口伝も、あることを意味していた。

シルヴィアは鉄の剣を見つめた。初代皇帝が使ったという剣。

「……初代皇帝は、私と同じ体質だったのでしょうね」

シルヴィアの答えにカルロスが目を開き、横に並ぶ。

「確かに。でないと使えないでしょうね……そういえばご存じですか。聖女マリアンヌからうかがったんですが、初代皇帝は妖魔皇のお父上だそうですよ」

びっくりしてカルロスの顔を見る。

「つまり私と妖魔皇は遠縁なんです」

「ああ……聖女リベアは初代皇帝との子を生んでますから、そうなりますね」

「ということはですよ。妖魔皇の娘であるあなたと、妖魔皇と縁戚である私は、兄妹みたいなもの、ということになりませんか？」

　まじまじカルロスの顔を観察する。カルロスは悪戯っぽい顔をしていた。こうして見るとまだ年若くて、親戚のお兄さんみたいだ。

「……そう、かもしれません。お兄様……年齢差も、六つくらいだし……」

「了承してもらえると思ってませんでした。でも姫様と呼ばずにはすむかな。いえ、妹でもありですかね。私の姫は」

　ルルカによく似た言い方に、シルヴィアは噴き出した。

「お父様が許してくださるなら、考えてもいいですよ」

「それは難しそうだな……」

「そんなことありませんよ。じゃあまたあとで。妖魔たちのところへ話を聞きに行く時間ですから」

　リベアの領都とその周辺には不用意に近づかないよう妖魔に言いつけたので、急ぎの報告でない限り妖魔たちも姿を見せない。だから、シルヴィアが自ら足を運ぶことになっていた。

カルロスは優しくいってらっしゃいと手を振ってくれる。確かに、あんな兄がいたら嬉しいかもしれない。

廟堂を出て、青い空を見あげた。目を閉じれば鼓動が聞こえる。ルルカはいずれ目をさますだろうが、いつになるかわからない。

(念のため、スレヴィとマリアンヌ様はリベアにいてもらうとして……そう、ベルニアもロゼたちが頑張ってくれてる間に手を打たないと……)

サマラの動きも気になる。先手を打つためにも、そろそろ動くべきだろう。やることはたくさんある。父親の目覚めをただひたすら横で待ってはいられない。

ざっと鳥が飛び立っていった。鳥も戻ってきたのかと何気なくそちらに目をやって、シルヴィアはまばたく。

針葉樹(しんようじゅ)のてっぺんから、人影がおりてきた。いや、妖魔だ。

真昼に夜空を描くように、星屑(ほしくず)の瞳が開き、艶(つや)のある黒髪が風に流れていく。

「……お父様」

目をさましたのか。妖魔たちからはまだ何も聞いていない。

「どうし……て」

「走ってきた」

「で、でも、まだ、橋が、ベルニアのほうは、落ちてて」

動揺がひどいせいで、なんの話をしているのだかわからない。

「泳いできた」

でも真顔で言い放ったルルカの回答に、気が抜けた。よく見れば確かに、衣服も髪も半乾きだ。

「……泳いで……きたんですね」

「そうだ」

飛びつこうと足が無意識で動きかけたが、踏みとどまった。ある意味、ここが最後の仕上げだ。ここで気を抜いてどうする。

「——そんなに急いで、どうしたんですか?」

まるでそばにいた昨日の続きのように、笑ってみせる。でも頬から涙が一筋、流れてしまうのは隠せなかった。

まぶしいものでも見たのか、ルルカが目を細める。

そしてシルヴィアを祝福するように、丁寧に抱き上げた。

「よくやった、さすが俺の姫」

心からの賛辞だとわかる声色と、最上級の微笑み。

当然です、という強がりは、こみあげてきた涙に押し流されて、消えた。

終章

ソノ未来ノ名

てっきり門前払いされるかと思いきや、あっさりと聖殿に入ることができた。しかも以前のように面会の予約を取り付けることもなく、そのまま中に案内される。

聖堂の最奥は、相変わらず静謐な空気を漂わせている。祭壇の前で待つ大聖女も、変わらず笑顔だ。

「ようこそ、聖女シルヴィア。私たちの父なる神と母なる聖女から恵みと導きが、あなたがたの未来をつむぎますように」

「——未来が、つむがれますように。面会を許してくださって、ありがとうございます」

まず礼を言うと、サマラは困ったように微笑んだ。

「あいにく、私にはもう、滅びの未来が視えませんから」

「いいことですね。私も世界を救えたみたいです」

皇帝選の脱落回避は、シルヴィアの行動の正当性を保証している。だがサマラの目は冷たい。

「皇帝選は続いているのに、それは楽観がすぎるでしょう。私が聖女としての力をなくしてきていると見るべきですね。皇帝選が終わりに近づくと、そうなると聞いています。老い始めるのと同じです。次代に譲る準備なのでしょう」

サマラは淡々としている。自分の力を惜しむ様子は見て取れない。

「……あなたは、皇帝選を続け、自分の地位を守りたかったのではないんですね」

「あの男はそのように言ったのですね。相変わらず口がよく回る」

オーエンとの面会もある程度把握しているのだろう。驚いた様子はない。

それよりも気にすべきは、サマラがオーエンをあの男呼ばわりすることだ。まるで、仇を見るような冷たい目で。

「あなたと皇帝は、なぜ対立しているんですか」

「なぜ私に聞くのです？　皇帝から助言を受けたあなたが」

「そもそも皇帝が私に助言をしたことからしてあやしいんです。プリメラに情報を流すのが普通です、ジャスワント様は皇帝のご子息ですし」

実際、妖魔皇の心臓が盗まれたとき、皇帝が頼ったのはプリメラだ。

「もっと言えば、他の聖女でもよかったはずです。なのに私に声をかけたのには、理由があるんでしょう。それは、あなたが私を敵視したのと同じ理由じゃないですか」

サマラは相変わらず大聖女の微笑みを口元にたたえて、答えない。

「聖女の口伝に理由があるのかと思いましたが、しっくりきません。情報が断片的すぎるんです」

「聖女リベアと聖女ベルニアの口伝を聞いたのですね」

シルヴィアは肯定も否定もせず、話を続けた。

「でも、あなたは口伝を気にかけてますが、皇帝は何も言いませんでした。知らなかったのか聞く必要もないのか……ただ、口伝はすべての聖女に聞いて回る構造だと推察できます。おそらくデルフォイの口伝はエリュントスが、エリュントスの口伝はリベアが隠しているものに関わるんでしょう。あなたは宝剣を見てそう言いましたから」

サマラはエリュントス聖爵家のご令嬢だった。だとしたら聖女エリュントスの口伝は知っているだろう。

「口伝の構造からして、聖女の口伝が聖女たちで完結していることがわかります。リベアの宝剣にいたっては、初代皇帝にまつわるものにもかかわらずです。口伝から皇帝をはぶいている。使い手から隠したいみたいです」

シルヴィアの話に、やっとサマラが眉を動かした。だが、ほんの少しだけだ。

「そしてもうひとつ。あなたは妖魔皇を皇帝にすることを拒んでいる。皇帝選が参加を認めているにもかかわらず、です。だから考え直してみました。皇帝がなぜ私に声をかけてきたか。――ひょっとして皇帝は、妖魔皇を皇帝にしたがっているのでは？」

「……やはり最初の問いに戻りますね。なぜ、私に問いかけるのです？」

「初代皇帝の宝剣を復活させるには、妖魔皇の心臓を贄にする必要がありました。それでも皇帝は味方だと思えるほど私は単純にはなれません。皇帝は、私が妖魔皇を皇帝候補にしたから手のひらを返したと思えば、なおさら不気味です」

何かがおかしいのだ。シルヴィアはサマラを見つめる。

「妖魔皇の心臓の盗難も、今から思えばあやしいことだらけです。皇帝がジャスワント様の動向を本当につかめなかったんですか？　もし偶然を装ってお父様を心臓を戻すためだとしたら……あるいはお父様の動向をつかむためだったら？　どうしてそこまでするのか理解できません。妖魔皇を皇帝にしたい人間は珍しい。拒否するあなたの反応のほうがまともです、だからあなたに尋ねにきたんです」

「……ベルニア聖爵家は、本当に落ちぶれましたね。あなたを聖女失格などと切り捨て、養育を怠った」

いきなりの話題そらしに、ついサマラをにらんでしまう。

「——エリュントスの末裔よ。皇帝の正体を隠せ。救いを求めるなら、聖女リベアが隠したものを壊せ」

だが粛々とした声色に、背筋が伸びた。サマラが自嘲気味に笑う。

「あなたに託すことになるとは思いませんでした」

「……それが、聖女エリュントスの口伝ですか」

「私の皇帝候補は、口があんなに回る男ではなかったのですよ。寡黙で、でも優しいひとでした。……あれは、私が選んだ皇帝ではない」

低くなった声に、息を呑むほどの怒りがにじんでいる。だがサマラはすぐに表情を微笑に塗り替えた。そうしなければいけない、とでもいうように。

「即位式では皇位継承の儀が執り行われます。皇帝についた者が先代の叡智をよりよく受け継げるよう、初代皇帝オーエンが聖女リベアに提案し、構築したものです。皇帝選を勝ち抜いたあと、継承の儀で先代の意志をも受け継いで、皇帝候補はシスティナ皇帝となります」

オーエンから世間話のように聞いた即位式の内容だ。

だが今、同じことを語る大聖女の瞳は、昏く濁っている。

「私の皇帝候補はそのとき、死にました。——そうだったのだとあとから気づきました」

「……死んだというのは、肉体的な意味ではなくて……」

「聖女エリュントスの口伝を破ることは許しませんよ」

――皇帝の正体を隠せ。

初代皇帝が聖女リベアに構築させ受け継がせる『先代』――現皇帝は前皇帝を、前皇帝はその前の皇帝を。辿っていけば『先代』とは何か、想像はたやすい。

だがさぐるのは、正体を暴くことになる。隠せというのは、末裔への警告だ。

「あなたもエリュントスの口伝を理解できたなら、今すぐ皇帝選から身を引き――」

「私と協力しましょう」

シルヴィアの声に、サマラがきょとんとした。

「私はお父様を皇帝にします。もうこれは私たちだけの問題ではなくなりました」

「……リベアのことですか」

「そうです。私には、責任があります。やり始めた責任が」

たとえ最初は自分ひとりの小さな願いだったとしても、犠牲を出し、自分の意志で誰かを助けた、その責任は取らねばならない。

「ですが、私はあなたの想定する未来もさけたい」

「それは……そうでしょうね。でも」

「まずデルフォイの口伝を調べましょう。何か糸口がつかめるかもしれません」

「……先ほど言ったでしょう、私はおそらく聖眼の能力が、もう……」

「でもあなたは大聖女です。そしてあなたも、やり始めたんでしょう」

だったら、とシルヴィアは、何十年も先をいく先輩をにらんだ。

「犠牲が唯一正当化されるとしたら、もたらす結果が正しかったときだけです。私がこうして滅びを回避した以上、あなたはリベアを犠牲にしようとした責任を取るべきです」

サマラがリベアをじわじわと時間をかけて衰退させたのは、皇帝に気づかれずエリュントスの口伝にある救いを成就(じょうじゅ)させようとしたからだ。隠したものがわからずとも、リベア聖爵家自体を潰せば、壊すという目的は達せられる。

「やり遂(と)げるべきです。少なくとも、自らおりるなんて許されない」

サマラの静かな視線を、シルヴィアは正面から見返した。

「……苛烈(かれつ)なことを言いますね、さすが妖魔の姫君。私はもう百をこえるおばあさんだというのに」

「何を今更」

神聖魔法で攻撃されたあの光景は、まだ記憶に新しい。あのとき起こったことを思い出せば、知らず顔がゆがむ。

「……。皇帝選があなたの描く未来を認めたのは、確かです。それはすなわち、滅びを回避する道であるということ。皇帝選は神が定めたもの。私には理解が及ばなくても、世界の寿命が延びたのだけは、間違いない……」

ひとりごとのように言ったあと、サマラはにこりと微笑んだ。

「何をお望みかしら？　まさか、ただで協力させてくれるわけがないでしょう」

「ベルニア聖爵家を私にください」

「妖魔皇の支配地を増やすのですね」

ふふ、とおかしそうに笑ってサマラは頷いた。

「わかりました、ベルニア聖爵にはそう伝えましょう。彼は、今回の暴動で領主としての務めを果たしていませんから、難しくはありません。あなたはベルニア聖爵家の長女、継承権も問題にならない」

「ありがとうございます」

「私をあの男に売らずにすませてくれるのならば、安いものです」

上目遣いで見つめると、サマラには鷹揚に頷き返された。

「……ばれていましたか」

「当然です。私から情報が引き出せなければ、皇帝の元へあなたはいったのでしょう。私を手土産にね。とはいえ、皇帝選で忖度するようなことはしません」

　穏やかな声で、きっぱり言い切られた。

「まず私の聖眼の能力が衰えていることが理由です。下手に手出ししないほうがよいでしょう。妖魔皇が皇帝にならなければ、最悪がさけられるのも変わりません。ならば、粛々と皇帝選の監理に励むことにいたしましょう。大聖女らしく」

「立場はわかります。でも、これは協力なしでは対処しきれない問題――」

「もちろん大聖女として見逃せない不穏な動きがあれば、阻止しましょう。たとえ相手がオーエンであってもです。そのときは、あなたの敵でしょうね」

　意味深に笑う大聖女に、シルヴィアの警戒がほどけた。

「……ああ、なるほど」

　また動くときは、シルヴィアの邪魔をする形で知らせる、という意味だ。確かに手を結んだことを知られても、いいことはない。

　そして何よりも、大切なことを知らせてくれた。今まで皇帝を決して名前で呼ばなかった彼女が今、ここで呼んだ名前だ。

（オーエン）

　初代皇帝の名前。引き継いだ瞬間に、皇帝候補は自分の名を失う。

それが、継承の儀で皇帝候補が引き継ぐ、先代の正体だ。

「守り抜いてみなさい、自分の皇帝候補を」

挑発するようなサマラの表情には、隠しきれない悔恨がにじんでいる。

彼女は守れなかったのだ。長い年月が変えてしまったのではなく、ただ願いどおり、皇帝選に勝ってしまったから。

語られることもない無念は、どんな言葉より雄弁に真実を語っていた。

一歩進み出たサマラが、天井のステンドグラスの七色の光を浴びる。

「聖女シルヴィア。私たちの父なる神と母なる聖女から恵みと導きが、あなたがたの未来をつむぎますように」

微笑みも佇まいも、大聖女と呼ばれるにふさわしい。

「——未来が、つむがれますように」

シルヴィアは精一杯の敬意をこめて、頭をさげる。

そうして扉を出ると、廊下に外で待っているはずのルルカが立っていた。

上から下までまじまじとその長身を見つめるが、幻ではない。

「……外で待っていてくださいと言ったのに。まさか忍び込んだんですか？」

「ああ……」

ルルカが曖昧な答えを返した。気まずそうだ。サマラと話がついたので問題にはならないだろうが、確かにほめられたことではない。シルヴィアは呆れる。

「何かあれば呼ぶと言いましたよね。そこまで心配されずとも大丈夫です。前は待ってくれたじゃないですか」

「大聖女は説得できたのか」

「できましたけど」

「だろうな……」

そこでなぜ溜め息をつかれるのかわからない。

「最近のお前の成長がめざましくて、心臓に悪い。そのうちお父様がいらなくなってしまうのでは?」

ルルカが微妙な、何か繊細なものを扱うような顔で尋ねた。

何やら困っていそうに見えるのだが、まさか不安だからか。

びっくりしたシルヴィアの反応が数秒、遅れる。落ち着けと言い聞かせた。同じ失敗はしない。

きっと、娘の成長に戸惑っている。それだけだ。

でも必要で大事な一歩だから、またさがらせては駄目だ。だからいつもと違うことを言わないといけない。

「……そんな。まだ、お父様が必要ですよ、私には」

ルルカが今まで見たことのない渋面で唸った。

「俺を気遣ったな、今……」

「優しい娘でしょう」

「なんてことだ。娘の優しさが受け取れない日がくるなんて……」

「子どもの成長は早いという話ですね。そろそろ皇帝候補を考え直すのもいいかもしれませ――わっ」

途中で頭に大きな手を置かれ、シルヴィアの口が止まる。

何だと文句を言おうと手の影から視線をあげると、知らない男の表情でルルカが薄く笑っていた。

「そういう駆け引きは、まだうまくないな」

意味を考えるより先に、かぁっと喉が干上がり、頰が赤くなった。踏んでやろうとした足をさっとよけたルルカが、いつもの調子で歩き出す。

「帰るぞ。お前が勝手に俺をリベアの領主にしてしまったからな。仕事が山積みだ」

手を取られて引っ張られる。足がもつれぬよう気をつけながら、シルヴィアは歯嚙みした。うまくやったと思ったけれど、調子にのりすぎたか。

（でも、今度は流されなかった）

これは大きな一歩だ。ふふっとゆるんだ頬を隠して、自分の足で歩く。でも意地は張らず、素直に手は握り返した。

今日も心臓は鳴っている。

それはきっと、運命を回す歯車の音に似ている。

＊

シルヴィア・ベルニアを新たなベルニア聖爵とする大聖女サマラの任命書を見たときの父親の様子は、とても見物だった。まずぽかんとして、笑おうとして失敗し、血走った目で任命書を再読し、奇声をまじらせながらわけのわからないことを叫んだと思ったら、飛び出してしまった。

現在、プリメラのおまけで父親はベルニア聖爵領から西にある、デルフォイ聖爵家と縁が深い伯爵領に保護されている。そのあたりの力を借りて、皇帝に訴えにいくのか、聖殿にまで乗りこむつもりかもしれない。

だが、大聖女サマラが聖女でも皇帝候補でもないただの聖爵の直訴で決定を翻すことはあるまい。そもそも聖爵は他の爵位と違い、宮廷より聖殿の意向が大きい。聖爵は領地よりも血筋を重視するからだ。皇帝オーエンも手は出せないだろう。

そうでなくても今回の父親の振る舞いは、あまりに聖爵としてうまくなかった。ベルニア聖爵領も、浄化の手間を考えると手に入れるうまみはない。しかも妖魔皇の領土になるとくれば、父親をベルニア聖爵に戻すため動いてくれるところはないだろう。

「さいっこーの嫌がらせだよねえ、これ。泡吹いて死ぬんじゃないかな、あの馬鹿父」

リベア聖爵領とベルニア聖爵領が妖魔皇の支配地に入ったことを報じる新聞をひらひらゆらし、窓際のソファで座っているジャスワントに話しかける。魔術書から顔をあげたジャスワントは、もごもごと口を動かした。

「うーん……僕はもともと、聖爵家を男性が継ぐのはおかしいんじゃないかって思ってたから……でも、プリメラはいいの？　ベルニア聖爵にならなくて」

「めんどくさい。お姉様にまかせるよ、爵位だの領地だのそういうのは」

「周囲が許さないと思うけど……」

「はー？　なんでボクの決断に対して、周囲がエラソーに口を出すわけ？」

「そ、それは支援とか受けてるわけで……」

「向こうが勝手にご機嫌取りして色々用意してくるだけだろ。有り難く思う理由なんてどこにもないよね」

「……さ、最終的に聖女ベルニアの血筋が保たれるなら、僕はそれでいいんだよ？」

不愉快になったプリメラに脅（おび）えつつも、ジャスワントの結論はいつも聖女ベルニア中心に終わるので、怒りが持続しない。むしろ呆（あき）れてしまう。

「お姉様から奪ってやるってのは、面白そうだけどね。リベアもベルニアもぜーんぶ瘴気を浄化してやれば、また風向き変わるかな。あ、でももう課題は終わっちゃったのか」

リベアもベルニアも、瘴気にまみれていようが浄化されようが、大きな影響はない。皇帝選はそう判断している。

あー、とプリメラは再び横長のソファに両手両足を投げ出して寝転がった。

「皇帝選、もう聖女も半分以下でしょ。そろそろ終盤戦らしく盛り上がれよーボクとお姉様の最終決戦はどうなるんだよー！」

「ならこの間、シルヴィアを助けなくても……」

「は？　なんか文句あんの。自分は伸びてるだけだったくせに？」

「ご、ごめん。でも口伝（くでん）のことは僕も本当にがっかりで……」

「そこじゃねえよ」

手近にあったクッションを投げようとしたとき、扉が叩かれた。ついクッションをおろし、目を細めて扉を見る。ジャスワントも怪訝（けげん）そうな顔をしていた。

プリメラにああしろこうしろと訴えにやってくる輩（やから）があとを立たないので、この部屋自体を結界で包み、視認できないよう魔術をかけていた。扉を叩けるのは、魔術や結界を見破った者だけだ。

「……どうぞ」

黙っているプリメラにかわり、ジャスワントが扉の向こうに声をかける。

扉が開いた。鍵（かぎ）がかかっているのに、あっけないものだ。

「お目にかかるのは初めてですね、聖女プリメラ」

「誰」

ぶっきらぼうなプリメラに、ジャスワントが慌てて腰を浮かせた。

「プリメラ、彼女は」

「よろしいのです、ジャスワント皇子。私はセシリア・デルフォイ」

見覚えのある名前と、さすがに無視できない家名に、プリメラは口をつぐむ。金色の髪をゆらし、気品のある仕草で、その女性は笑った。

「ご存じのようで嬉しいです。そういったことに興味のない御方だと聞いておりましたので」

「ボクやお姉様の順位にいつもくっついてる名前だから、覚えてただけだよ。デルフォイ聖爵家の娘だとは知らなかった」

今回の皇帝選が始まって以来、常に五位以内にある名前だ。一位をとることもないが、一度も五位から下位へと落ちたことがない。それだけなら優秀なだけだが、不気味なのはこの聖女が何の課題を解決したのかがわからないところだ。

普通、高順位の聖女は新聞で騒がれるような課題を解決するので、それなりの情報が得られる。だが聖女セシリアに関しては、目撃情報も極端に少ない。もちろん、聖眼の能力もわからない。

「――それで？　ボクに何の用。くだらない用事だったら、今すぐに皇帝選を脱落させてやるから」

だが、それでもプリメラが劣ることはない。

「すみません、セシリア嬢。プリメラは……その、悪い子ではないんですけど……」

「黙ってろ、ベルニア信者」

情けない顔をしたジャスワントに小さく笑いながら、セシリアは勝手にシルヴィアの正面にあるソファに腰かけた。

「私と同盟を組みませんか」

「……はあ？　なんでボクが？」

「そろそろ我がデルフォイ聖爵家に、あなたのお姉様から聖爵就任のご挨拶(あいさつ)と聖女デルフォイの口伝(くでん)についての問い合わせが到着する頃です」

　未来の話か、情報戦からの予測か。ただ、セシリアの瞳の中心には、聖痕が浮かんでいる。

「ご興味はありませんか？　あなたのお姉様の目的に」

「まさかそれだけでボクがデルフォイ聖爵家に味方するとでも？　馬鹿らしい」

「勘違いなさっているようですが、同盟は私の個人的な申し出です」

　初めて正面からセシリアを見つめた。口元に美しい微笑をたたえている。

　ふと思い出した。ベルニアには天才聖女と失格聖女、リベアには聖女なし、エリュントスには残念聖女、デルフォイには完璧(かんぺき)聖女。四つの聖爵家の聖爵令嬢を表現する、くだらない世間の評価だ。

「どうも、あなたのお姉様に私の身内がお世話になっているようなのです」

「……あの天気予報女か？」

「ええ、そうです。目障(めざわ)りなんですよ。天気予報しかできないくせに」

だが、完璧聖女と呼ばれているセシリアの瞳は、どことなく昏い。

「ですが、デルフォイ聖爵家もあなたを取りこむことには賛成するでしょう。今、大聖女サマラが聖女シルヴィアをベルニア聖爵に任命した一件で、エリュントス聖爵家も混乱しています。何より皇帝選も後半戦。打って出るには最適な頃合いですから」

「いいよ、わかった」

「そう言っていただけると思いました。ではまた改めてご連絡します」

余計なことを聞かず話を終わらせるのは、目的がはっきりしているからだ。だがさっさと立ち上がったセシリアは、プリメラの座るソファのうしろで立ち止まった。

「プリメラ様は聖女ベルニアの口伝について、何かご存じですか」

「興味ない」

「ふふ、そうですか。私の思うとおりの御方でよかった」

「お前は?　口伝のこと、知ってんの?」

「どうでしょう。でもどうせ、始まりも内容も同じです。未来を作ってやったと恩着せがましい過去の偶像が、呪いをかける。きっとこんな感じでは?」

ちらとプリメラが視線をやると、セシリアが謳うように口ずさむ。

——聖女の末裔(まつえい)よ

何かに呼ばれた気がして、シルヴィアは顔をあげた。

だが振り向いても誰もいない。足で登ってきたなだらかな坂があるだけだ。

「おねえさま？　どうしましたか。まだここは安全なはずですけど……」

「課題の場所はもう少し先です。急がないと雨が降り出しますわ」

「あ、すみません。何か、声が聞こえた気がして……」

珍しくマリアンヌの横に立ってスレヴィが顎(あご)に手を当てた。

「聴覚には自身がありますが、私には聞こえませんでしたね」

「僕も……風の音ですかね？　今日はずいぶん強い」

「どんな声だった」

ロゼたちと一緒に先にいたルルカが戻ってきて、横に立った。

「……呼びかけられた気がします。聖女の末裔よ……口伝と同じような出だしで……」

「それはお前への呼びかけとして正しくないな。今のお前は聖女だ」

海色の瞳を数度またたいて、シルヴィアは意味を呑(の)みこむ。

「色々気がかりだろうが、あまり気にするな。どうせ口伝の内容なんて決まっている」

「そ、そうなんですか？」

「世界を救え」

その方法が大事なのではないか。だが世界を滅ぼす心臓を持つ男の、世界でいちばん綺麗な笑顔に、文句は消えてしまった。

——リベアの末裔よ。宝剣の価値を隠せ。救いを求めるなら、聖女ベルニアが隠したものを刺し貫け

——ベルニアの末裔よ。妖魔皇の心臓を隠せ。救いを求めるなら、聖女デルフォイが隠したものを守れ

——エリュントスの末裔よ。皇帝の正体を隠せ。救いを求めるなら、聖女リベアが隠したものを壊せ

——デルフォイの末裔よ。五人目の聖女を隠せ。救いを求めるなら、聖女エリュントスが隠したものを出し抜け

聖女の末裔よ。世界はまだ何も、救われていない。

※この作品はフィクションです。実在の人物・団体・事件などにはいっさい関係ありません。

集英社オレンジ文庫をお買い上げいただき、ありがとうございます。
ご意見・ご感想をお待ちしております。

●あて先
〒101-8050　東京都千代田区一ツ橋2-5-10
集英社オレンジ文庫編集部 気付
永瀬さらさ先生

集英社
オレンジ文庫

聖女失格 2

2022年11月23日　第1刷発行

著　者　永瀬さらさ
発行者　今井孝昭
発行所　株式会社集英社
〒101-8050東京都千代田区一ツ橋2-5-10
電話【編集部】03-3230-6352
【読者係】03-3230-6080
【販売部】03-3230-6393（書店専用）
印刷所　株式会社美松堂／中央精版印刷株式会社

ISBN 978-4-08-680476-9 C0193

永瀬さらさ

鬼恋語り

鬼と人間の争いに終止符を打つため、
兄を討った鬼の頭領・緋天に嫁いだ冬霞。
不可解な兄の死に疑問を抱いて
真相を探るうち、緋天の本心と
彼と兄との本当の関係を
知ることとなり…？

好評発売中

【電子書籍版も配信中　詳しくはこちら→http://ebooks.shueisha.co.jp/orange/】